葉月奏太

しっぽり商店街

実業之日本社

実業之日本社文庫

しっぽり商店街　目次

プロローグ

「……る……してる」

遠くで人の声が聞こえた気がして目が覚めた。

重い瞼《まぶた》をやっとのことで開くと、そこは知らない場所だった。

白い天井を見あげていた。白い壁に白いベッド、窓にはクリーム色のカーテンがかかっていた。

（ここは……）

どうやら病院の個室らしい。清浄な空気のなかに、消毒液の臭いがわずかに混じっていた。

（どうして……俺は病院に？）

思い出そうとすると、後頭部が鈍く痛んだ。

思考に薄い膜がかかったようになっている。頭がぼんやりして、なにも考えられなかった。

カタッ――。

そのとき、微《かす》かな物音が聞こえて視線を向ける。ベッドのすぐ横、頭に近い位置に人が立っていた。

濃紺のスーツを着た女だった。

年の頃は二十代後半といったところだろうか。ダークブラウンのミディアムヘアが、ジャケットの肩先を撫《な》でていた。鋭い光を放つ切れ長の瞳が印象的で、顎のラインがすっとしている。整った顔立ちの女だった。

(知り合い……なのか?)

まだ頭がまわらない。彼女が誰なのか思い出せなかった。

女はベッドサイドにある床頭台《しょうとうだい》の引き出しを開けて、真剣な表情でなかを覗《のぞ》きこんでいた。なにかを探しているようだった。

女が手に取ったのは、二つ折りの黒い財布だ。それには見覚えがあった。使いこんで革がよれよれになった財布は、自分の物に間違いない。女は札入れや小銭入れ、さらにはカード類まで細かくチェックしていた。

まったく状況が呑《の》みこめない。

なぜ自分が病室のベッドに横たわっているのか、そして彼女は何者なのか、なにひとつわからなかった。

「うぅっ……」

思いきって尋ねようとするが、喉が乾いて上手《うま》く声が出せない。掠《かす》れた呻《うめ》きが漏れただけだった。

すると、女がこちらを向いて、はっと息を呑んだ。まるで幽霊でも見たように目を見開いて固まった。

「意識が戻ったのね」

女が小声で語りかけてくる。澄んだ清流を思わせる耳に心地《ここち》よい響きだった。

(俺は……意識を失っていたのか?)

いったい、なにがあったのだろう。

ますます頭が混乱してしまう。女はしばらく黙っていたが、やがて怪訝《けげん》そうに眉をひそめた。

「わたしのこと、わかる?」

再び声をかけられて、小さく首を左右に振った。

ほんの少し動かしただけなのに、頭のなかがシェイクされたようだ。気分が悪くなり、たまらず目を閉じて低く唸《うな》った。

やがて頭の芯がズーンと重くなり、意識が怪しくなってきた。女がなにか言っているが、もう聞き取ることができない。そのまま意識は暗い闇に呑みこまれていった。

第一章　柔肌の温もり

1

「ん……んん……」

自分の唸る声で目が覚めた。

重い瞼を開くと、白い天井が目に入った。藤原信彦《ふじわらのぶひこ》は病室のベッドに横たわっていた。

なにがあったのかわからない。周囲を確認しようと思ったとき、すぐ近くで人の気配がした。

「あっ、目が開いたよ」

聞き覚えのある声だった。

頭のなかに霧が立ち籠めているようで、すっきりしない。それでも、彼女のことはすぐにわかった。

信彦の顔を覗きこんできたのは三咲果穂《みさきかほ》。ポニーテイルがトレードマークの女子大生だ。福柴《ふくしば》商店街にあるクリーニング店のひとり娘で、近所のラーメン屋でよく顔を合わせていた。

「ノブちゃん、わたしだよ、わかる？」

呼びかけられて微かに顎を引いたが、彼女に伝わっただろうか。

果穂のことは生まれたときから知っている。年はちょうどふたまわり離れているが、彼女は「ノブちゃん」と呼んで慕ってくれていた。

「うう……」

返事をしたいが声が出ない。喉が異常なほど乾燥していた。

「大丈夫？」

黒目がちの瞳をくるくるさせながら、果穂が不安げに語りかけてくる。いつも元気いっぱいの彼女が、珍しく慎重な声音になっていた。その顔を見たとき、自分は心配されるような状況なのだとようやく悟った。

「か……果穂ちゃ……」

なにか言わなければと思うが、やはり掠れてザラついた声しか出なかった。

「ノブさん、お水を飲んでください」

そのとき、落ち着いた声が聞こえた。

薄紫の着物を纏《まと》ったこの女性は井坂綾子《いさかあやこ》だ。黒髪をきっちり結いあげて、やさしげな眼差《まなざ》しで見おろしてくる。三十八歳の未亡人で、福柴商店街の片隅でカウンターだけの小料理屋を経営していた。

「はい、お口を開けて」

喉が渇いていることに気づいたのだろう。綾子は水差しを信彦の口に咥《くわ》えさせると、少しずつ水を流しこんでくれた。

「ゆっくり飲んでくださいね」

わけがわからないまま嚥下《えんげ》する。ぬるい水だったが、かつてないほど美味に感じた。水分が決定的に不足していたらしい。喉と食道、それに胃の粘膜から、瞬く間に吸収されていくのがわかった。

「あ……ありがとう」

もう一度、口を開いてみる。まだ掠れているが、それでもようやく声を出せるようになっていた。

「やっと目を覚ましてくれたのね」

つづいて顔を覗きこんできたのは渡辺由紀恵《わたなべゆきえ》だ。

黄色いカーディガンの肩先で、ふんわりした髪が揺れている。由紀恵は福柴商店街の八百屋《やおや》の奥さんだ。庶民的な雰囲気の三十二歳で、普段は人懐っこい笑みを浮かべているが、今は瞳をうるうる潤ませていた。

「信彦さんのこと、みんな心配してたのよ。どこか痛いところはない？」

「と……とくには……」

そう言って上半身を起こそうとする。その瞬間、体の節々がミシミシと嫌な音を立てた。

「イテテっ……」

思わず顔を歪《ゆが》めると、いったん持ちあげた頭を枕に戻す。全身が痛くて、とてもではないが起きあがれなかった。

「なにやってんだ」

嗄《しゃが》れた声が聞こえた。

顔を見なくてもすぐにわかる。このガラガラ声はラーメン屋の店主、権藤辰夫《ごんどうたつお》に間違いない。六十二歳とは思えないほど元気で、ひとりで店を切り盛りしている。口は悪いが人はいい、ラーメン屋の頑固親父《おやじ》だ。

「勝手に動くんじゃねえよ。おまえ、どんだけみんなに心配かけるつもりだ」

権藤は胡麻塩《ごましお》頭にねじり鉢巻き、藍色の作務衣《さむえ》というつもの格好で、信彦の顔を覗きこんでいた。

みんな福柴商店街の仲間だった。

毎日のように会っているのに、なぜか病室に集まっていた。窓の外はまだ明るい。それぞれ仕事や大学があるので忙しいはずだ。そう考えると、なにか妙な気がしてきた。

「ゴンさん、俺……」

「まあ、とにかくよかったじゃねえか。よかったよかった」

嗄れ声がいつになくやさしく感じたのは気のせいだろうか。権藤はみんなに聞かせるように言うと、満足げにうんうんと頷《うなず》いた。

果穂も綾子も由紀恵も、やけに神妙な顔になっている。状況を理解していないのは、ベッドで横たわっている信彦だけだった。

（なにが、どうなってるのか……）

胸のうちで不安がどんどん膨らんでいく。商店街の人たちの顔は覚えているし、自分のこともわかっていた。

信彦は十年前に妻を亡くした四十六歳の男やもめである。生まれも育ちも東京の北東部に位置する福柴で、勤務先は大手総合商社の『兼丸商事《かねまる》』。好物は権藤の店『辰龍《たつりゅう》』の醬油《しょうゆ》ラーメンと手作り焼き餃子《ギョーザ》、それに綾子の店『あや』で運がよければ食べられる牛すじ煮込みだ。

だが、自分がどうして入院しているのか、なにが起こったのか、さっぱりわからなかった。

「あの、ゴンさん……いったい、なにが？」

遠慮がちに尋ねてみる。すると、権藤だけではなく、他のみんなも表情を曇らせた。

「やっぱり覚えてないんだね」

「なにしろ、大きな事故でしたから」

果穂がぽつりとつぶやけば、綾子も静かに睫毛《まつげ》を伏せる。二人はそれ以上、語ろうとしなかった。

「もう、目を覚まさないかと……」

由紀恵が嗚咽《おえつ》をこらえるように、口もとを手で押さえた。

どうやら、ひどい事故に遭ったらしい。みんなの深刻な表情を見ていると、真相を知るのがだんだん怖くなってきた。

「でもよ、こうしてノブは生き返ったんだ」

権藤がしみじみつぶやくが、その言葉が気になった。

「生き返ったって……俺、死んでないから」

沈んだ空気をなんとかしたくて、わざと冗談っぽく言ってみる。ところが、誰も笑ってくれなかった。それどころか余計に空気が重く沈んで、全員がむっつり黙りこんだ。

「おまえさん、死にかけてたんだよ」

沈黙を破ったのは、権藤の重々しい言葉だった。

「おおげさだな。ほら、ピンピンしてるって」

横になったまま、両手を天井に向かって伸ばしてみせる。こわばった関節が痛むが、みんなを安心させたくて我慢した。

（あれ……俺の腕、こんなに細かったかな？）

なにか違和感があった。

薄緑の入院着の袖から自分の腕が伸びている。ギプスもなければ、とくに怪我《けが》をした痕跡もない。左腕に点滴の針が刺さっているが、おそらく栄養剤かなにかだろう。ただ、腕が少し細くなった気がした。

「ほら、どこも怪我してないだろ」

不安を押し隠し、手を握ったり開いたりする。しかし、そうやって空元気を出せば出すほど、みんなの表情に困惑の色が浮かんだ。

(待てよ、脚か？　脚を怪我してるのか？)

ふと気づいて、つま先を動かしてみる。首を持ちあげて見おろすが、とくに異常は見当たらなかった。

「無理しないで。まだ安静にしてないとダメだよ」

果穂が眉を歪めながら声をかけてきた。

これ以上、心配をかけるわけにはいかない。信彦は両手をおろして、小さく息を吐き出した。確かに無理をしたせいで、全身がじっとり汗ばんでいた。

「とにかく、先生を呼んできましょう」

綾子が落ち着いた声で提案する。だが、信彦はそれを慌てて制した。

「ゴンさん、教えてくれよ」

じつは病院と医者が苦手だった。白衣を着た医師に淡々と説明されるところを想像しただけで恐ろしくなる。先に知り合いの口から聞いて、少しでもショックを和らげておきたかった。

「わかった。その代わり心して聞けよ」

権藤がゆっくり言い含めるように話しはじめた。

「ノブ、おまえさんは出張先で交通事故に遭ったんだ」

会社の車を運転していて信号待ちをしていたとき、正面からダンプカーに突っこまれたという。外傷はそれほどでもなかったが、頭を打って意識不明の重体に陥った。事故現場は紀伊半島の小さな港町。当初は大阪の大きな病院に搬送されたが、その後、福柴の近くにあるこの総合病院に転院した。

「商店街のみんなが、日替わりで見舞いに来てたんだぞ」

「そんなことが……」

まるで記憶になかった。

交通事故のことも、大阪に出張したことも、綺麗《きれい》さっぱり忘れている。自分のこととは思えなかった。

「それで、どれくらい気を失ってたの？」

信彦が尋ねると、権藤はいったん口をつぐんだ。唇をへの字に曲げて、厳《いか》めしい顔で黙りこむ。そして、意を決したように再び口を開いた。

「ひと月だ」

一瞬、冗談かと思った。だが、他のみんなも神妙な顔をしている。ふざけている雰囲気はいっさいなかった。

「い、今……何月ですか？」

「もう六月だ」

権藤が気の毒そうにつぶやいた。信彦の感覚では、まだゴールデンウィークが終わったばかりだった。

「ひと月って……そんな、まさか……」

愕然《がくぜん》として言葉を失ってしまう。

一か月も昏睡《こんすい》状態だったとは信じられない。もしかしたら、そのまま目覚めない可能性もあったのではないか。いや、それどころか命を落としていたとしてもおかしくない。先ほど権藤が「生き返った」と言ったが、その表現はまんざらおおげさでもなかった。

「フロントガラスが割れたから、顔や手に細かい切り傷があったんだけど、そんなもんはとっくに治っちまったよ」

権藤は努めて明るい口調で言ってくれる。だが、自分の人生に一か月の空白ができたというのが、すぐには受け入れられない。とにかく、生死の間をさ迷っていたことだけは確かだった。

「俺……生きてるんだ」

信彦がつぶやくと、権藤が安心させるように力強く頷いた。

「ああ、おまえさんは立派に生きてるぞ。退院したら、また俺のラーメンをたらふく食わせてやる」

他のみんなも涙ぐみながら聞いている。商店街の仲間が、信彦の回復を心から喜んでくれていた。

「ありがとう……みんな、本当にありがとう」

こみあげてくるものをこらえながら礼を言った。

だが、事故のこと以外にも、わからないことがたくさんある。自分の勤めていた会社は覚えているが、所属していた部署の記憶がない。紀伊半島で事故に遭ったと聞いても、出張の内容がまるで思い浮かばなかった。

「そうだ……ダンプを運転していた人の怪我は？」

この手の事故の場合、ダンプカーの運転手は無傷ということもある。せめて軽傷であってほしいと願った。

「それなんだけどよ……じつは、逃げちまったんだ」

権藤が言いにくそうに切り出した。

事故を起こしたダンプカーの運転手は、救急車を呼ぶこともなく、その場から逃走したという。ナンバープレートから所有者である建設会社は判明したが、ダンプカーは盗難届が出されていた。

「だからさ、盗んだダンプで事故ったんだよ。それで逃げるなんて最低だよね。こんなの絶対に許せない」

それまで黙っていた果穂が、我慢できないとばかりに捲《まく》し立てる。すると、綾子と由紀恵も大きく頷いた。

「警察には早く犯人を見つけてほしいですね」

「もし信彦さんの意識が戻らなかったら……ひどいわ」

みんなは怒りを露《あら》わにするが、信彦は今、事故のことを聞いたばかりだ。怒るよりも、困惑のほうが大きかった。

その後、担当医師が病室に来て、詳しい説明を受けた。

　ところどころ記憶がなくなっているのは、逆行性健忘症だという。頭を強く打ったことが原因で、確実な治療法はないらしい。日常生活を送るうちに少しずつ記憶が戻ることもあるので、それに期待するしかなかった。

　退院はもう少し先になる。精密検査を受けなければならないし、寝たきりで筋力が落ちているのでリハビリをする必要があった。実際、全身の関節は動くが硬く、腕も脚も細くなっていた。

「たまには、ゆっくりしろってことだな」

　権藤が横から声をかけてくる。すると、商店街のみんなも同意した。

「そうだよ、ノブちゃん、働きすぎだもん」

「神様が休憩しなさいって言ってるんですよ」

「とにかく、焦ったらダメよ」

　果穂と綾子、それに由紀恵が次々と言葉をかけてくれる。仲間のありがたさが心に染みた。

「会社のほうは、どうなってるんだろう？」

「おう、ノブの上司って人が、ちょくちょく見舞いに来てるぞ。名前はなんつったかな……とにかく、休職になってるって言ってたな」

休職と聞いて、少しだけほっとする。この状況で無職になったら、生活していけなくなるところだった。

（でも、上司って誰なんだ？）

どんな人だったか思い出せない。何度か見舞いに来ているようなので、おそらく直属の上司だろう。顔を見て記憶が戻ればいいのだが……。期待と不安が胸のうちで膨れあがっていく。

――それにしても、よく助かりましたね。

最後に医師がつぶやいた言葉は実感がこもっていた。

信彦が乗っていた乗用車は、原形を留《とど》めないほど大破していたという。

普通なら押し潰されて即死だが、信彦の体はたまたま隙間に嵌《はま》っていた。これまでたくさんの事故を見てきたが、こんなケースは初めてだ。こうして生きているのが奇跡だと、ベテランと思《おぼ》しき医師は興奮気味に語っていた。

（そうか、俺はツイてたんだ）

せっかく取り留めた命だ。不慮の病で亡くなった妻の分まで、これからの人生は大切に歩んでいこうと心に誓った。

「ところでさ、ナースコールのボタンって、誰が押したんだろうね」

果穂が無邪気な声をあげた。

「ノブさんではないのよね？」

綾子がおっとりした声で尋ねてくる。由紀恵も返答をうながすように、じっと見つめてきた。

ナースコールがあったので看護婦さんが病室に来てみると、昏睡から目覚める兆しがあったという。そのことが家族代わりの権藤に伝えられて、商店街のみんなが急遽《きゅうきょ》集合したらしい。

「俺は気を失ってたんだから、押せないよ」

信彦は答えながら、あの女の顔を思い浮かべていた。

さりげなく病室内に視線を巡らせる。あの女――濃紺のスーツを着た女――はどこにいったのだろう。今、思い返しても誰なのかわからない。確か彼女は財布のなかを熱心に見ていた。

「俺の財布、あるかな？」

「財布ならここだけど、鍵が……おい、開いてるぞ」

権藤が引き出しに手をかけて声をあげる。そして、年季の入った黒革製の二つ折り財布を渡してくれた。

「中身、盗《と》られてねえだろうな?」

すぐに確認すると、数枚の札と小銭があり、カード類も全部揃《そろ》っている。盗難に遭ったかと思ったが、そういうわけではないようだ。

(じゃあ、あの女は……)

疑念が湧きあがるが、なんとなく口にするのは憚《はばか》られた。

昏睡状態でも夢を見るのだろうか。ただの妄想かもしれない。そう思いながらも、あの女のことが気になって仕方なかった。

2

五日後の朝、信彦は無事退院した。

商店街の仲間が迎えにきてくれると言ったが、もうひとりで帰れるからと断った。みんな仕事や学校があるなか、交代で病室を訪れてくれたのだ。迎えにまで来てもらうのはさすがに悪かった。

お世話になった看護婦さんに見送られて、タクシーに乗りこんだ。

「福柴商店街までお願いします」

行き先を告げると、ようやく帰れると思って胸が躍った。

病院食と消毒液の臭いに、いい加減うんざりしていた。早く我が家に帰りたくて仕方なかった。

意識が戻ってからは、精密検査とリハビリを行ってきた。関節の痛みは消えたが、筋力はまだ完全には回復していない。日常生活を送りながら、家でも筋トレをして体を戻していく計画だった。

十分ほどで目的地に到着した。

タクシーを降りて商店街の入口を見あげる。ゲートには『福柴商店街』の文字がはっきり見えた。

(帰ってきた……)

一か月以上留守にしていたが、目が覚めてからは五日しか経《た》っていない。それでも、これほど懐かしく思うのだから、無意識に一か月という時間の流れを感じているのかもしれなかった。

下町の空気を肺いっぱいに吸いこみ、商店街に足を踏み入れた。

福柴商店街は東西にわたって伸びる、全長六百メートルほどのアーケード商店街である。福柴駅から徒歩一分という好立地だが、近隣の駅にできた大型ショッピングモールに客がずいぶん流れている。とはいえ、地元の人たちは変わることなく福柴商店街を愛していた。

「あら、ノブちゃん、お帰り」

声をかけてきたのはタバコ屋のお婆《ばあ》さんだ。この商店街で生まれ育った信彦は、本当の孫のように可愛《かわい》がられていた。

「ばあちゃん、帰ってきたよ」

軽く手をあげて応えれば、お婆さんは目を細めて嬉《うれ》しげに頷いてくれた。

「信彦、元気そうだな」

店先まで出てきたのは、判子屋の親父さんだ。いつも暇そうにしているが、今日はやけに威勢がよかった。

「まあね、おじさんも元気？」

信彦が手を振ると、当たり前だと返してきた。

その後も次々と声をかけられて、心が温かいもので満たされていく。事故のことは耳に入っているはずなのに、誰もなにも聞いてこなかった。

（やっぱり、ここだよな）

ほんの少し歩いただけで、気持ちがスーッと軽くなっていた。

この商店街にいると気張ることなく、ありのままの自分でいられる。なにより、みんなのやさしさに心を癒された。

やがて、シャッターが閉ざされた店舗が見えてくる。歩み寄ると、錆《さび》の浮いたシャッターには掠れた文字で『藤原屋』と書いてあった。

（ただいま……）

心のなかで静かにつぶやいた。

ここが信彦の生家である。以前は両親が一階で和菓子店を営んでいた。跡を継ぐことを真剣に考えたこともある。だが、父親にこれからは経営が厳しくなると諭されて別の道を選んだ。

（もし、跡を継いでいたら……いや、結局は同じか……）

これまで何百回も考えてきたことだった。

あのとき、自分の意見を押し通して和菓子職人になり、店を継いだとしても、今と状況はさほど変わっていないだろう。

大学卒業後、信彦は日本有数の総合商社である『兼丸商事』に入社した。その数年後には、商店街の近くに住んでいた幼なじみと結婚して、藤原屋の二階で両親と同居するようになった。

子宝には恵まれなかったが、妻と両親は意外なほど仲よくやっていた。ゆくゆくはマンションを購入して二人で暮らすという計画が、妻の希望で延び延びになるほどだった。

なにもかもが上手くいっていた。そう、十年前までは……。

(それなのに……くっ)

信彦は小さく頭を振り、脳裏に浮かんだ過去を打ち消した。

考えても仕方のないことだ。誰も悪くない。ただ、運が悪かったとしか言いようがなかった。

藤原屋と駄菓子屋の間の細い通路を入っていく。薄暗いなかを進むと、すぐに鉄製の外階段が現れる。そこをカンカン鳴らしながらあがったところに、自宅のドアがあった。

一階店舗内からも二階にあがれるが、シャッターを開閉しなければならないので、和菓子屋を閉店してからは外階段ばかり使っていた。

鍵を開けて、約一か月ぶりに自宅に入った。

ひとりで住むには広すぎる2DKだ。かつては六畳二間に八畳のダイニングキッチンという間取りに、信彦夫婦と両親の四人が暮らしていた。

今はひとりになってしまったので、一応、合鍵を権藤に預けてあった。なにかあったときのためだが、まさか本当に使うことはないと思っていた。だが、合鍵があったおかげで、入院中も換気をしてもらえたので、部屋の空気はさほど淀《よど》んでいなかった。

妻と暮らした部屋には、木製のデスクと洋服簞笥《だんす》、それにテレビしか置いてない。狭いのでベッドはなく、毎日、布団を上げ下ろししていた。以前、両親が使っていた部屋は仏間《ぶつま》になっていた。

まっすぐ仏壇に向かって手を合わせた。

脳裏に浮かぶのは、やはり十年前のことだった。

両親と最愛の妻を立てつづけに亡くした。両親は交通事故で妻は癌《がん》、わずか半年間の出来事だった。

以来、藤原屋はシャッターをおろしたままだ。急にひとりになり、世界から取り残された気分だった。引っ越しすることも考えた。だが、楽しい思い出があるこの家から離れられなかった。

（そういえば……）

仕事もつらくなり、退職届を書いたのではなかったか。

だが、今も兼丸商事に在籍している。ということは、寸前で思いとどまったのだろうか。

（ううっ……思い出せない）

考えると軽い頭痛に襲われた。

とにかく、商店街の人たちの支えがなければ、淋《さび》しさに押し潰されていただろう。今夜も退院祝いをしてくれるという。ひとり身の信彦にとって、これほど嬉しいことはなかった。


夜八時、信彦は商店街のなかにある綾子の小料理屋『あや』を訪れた。

貸し切りなので暖簾《のれん》は出ていないが、引き戸のガラス越しに店内の明かりが漏れている。こうして店の前に来ただけで、懐かしさが胸にこみあげた。

「こんばんは……」

引き戸をガラガラッと開けると、和風出汁《だし》の香りがふわっと香った。

入って右側に木製のカウンターがあり、奥に向かって伸びている。テーブル席はなく、席数は七つだけというこぢんまりした店だった。

「いらっしゃいませ。みなさん、お待ちかねですよ」

カウンター内に立っていた綾子が、にこやかに迎えてくれた。

着物の上から割烹着《かっぽうぎ》を羽織っている。結いあげた黒髪にそっと手を添えて、後《おく》れ毛《げ》を直す仕草にドキリとした。

「どうも……」

会釈しながら、つい割烹着の乳房の膨らみに視線が向いてしまう。

この店に来る男たちは、多少なりとも綾子が気になっているはずだ。とはいっても、客の大半が商店街の知り合いなので、本気で口説くことはない。なにかあれば、噂《うわさ》は瞬く間に広まってしまう。男たちは綾子と言葉を交わし、心のなかで疑似恋愛を楽しんでいた。

「主役がやっと来た」

入口に近い席に座っていた果穂が声をかけてくる。やはり満面の笑みで、早く早くと手招きしていた。

「おっ、早いな」

「ノブちゃんが遅いんだよ」

今夜の果穂は、レモンイエローのポロシャツに白いミニスカートという真夏のような服装だ。ストッキングを穿《は》いていないので、スカートの裾から露出している健康的な太股《ふともも》が眩《まぶ》しかった。

「信彦さんの席はここよ」

由紀恵が柔らかい表情を浮かべていた。

果穂の隣をひとつ空けて、奥の席に腰かけている。空いている椅子をポンポン叩《たた》き、信彦をうながしてきた。

昼間、八百屋の店先に立っている由紀恵は、ジーパンに藍色のエプロンというのが定番スタイルだ。ところが今夜は、白いシャツに水色のフレアスカートを穿いていた。

「由紀恵さんも、忙しいところ悪いね」

「なに言ってるの。早く座って」

「じゃあ、失礼して……」

なにしろ狭いので、果穂の後ろを通るのも苦労する。ポニーテイルと背中に触れないよう注意しながら奥に進み、空いている席に座った。

果穂と由紀恵の間に挟まれて、カウンターの向こうには綾子が立っている。三人の女性に囲まれるのは、なかなか気分がよかった。

「おい、ノブ」

そのとき、不機嫌そうな声が聞こえた。

一番奥の席に権藤が座っている。ねじり鉢巻きのいつもの格好で、由紀恵の頭越しに話しかけてきた。

「俺の顔も忘れちまったのか？」

「あっ、ゴンさん、帰ってきました」

「ったく、取ってつけたように言いやがって」

権藤がぶつくさ言うと、すかさず綾子が口を挟んだ。

「もう、権藤さん、拗《す》ねないの」

「拗ねてなんかねえよ。ただ、こいつの挨拶がなってねえから、俺は心を鬼にして礼儀を教えてやったんだ」

いきなり捲し立てるが、本気で怒っているわけではない。どう見ても拗ねているだけだった。

「ゴンちゃん、素直じゃないから」

果穂が呆《あき》れたようにつぶやくと、権藤が「なんだと？」と突っかかる。それを見た由紀恵が「まあまあ」と間に入った。

「退院を一番喜んでいたのは権藤さんだものね。信彦さんの意識が戻るまで、断酒までしてたのよ」

酒好きの権藤が、願掛けで一か月も断酒していたというから驚きだ。口は悪いが、仲間思いの頑固親父だった。

「バ、バカ言ってんじゃねえ」

権藤の顔は真っ赤になっていた。認めようとしないが、本当に心配してくれていたのだろう。

「ゴンさん、ありがとう。みんなもありがとう」

信彦は立ちあがって深々と頭をさげた。面と向かうと照れ臭いが、一度はしっかり礼を言っておきたかった。

「お、おう」

権藤はそう言って黙りこんだが、表情は和らいでいた。

どうやら、信彦の気持ちが伝わったらしい。果穂も由紀恵も綾子も、穏やかな表情になっていた。

「お飲み物を用意しますね」

綾子が瓶ビールとグラスをカウンターに出してくれる。互いに酌をして、全員がグラスを手に持った。

「では、ノブが無事に退院したことを祝いまして――」

乾杯の音頭を取るのは、一番年上の権藤だ。みんなで「カンパーイ!」と声を合わせてグラスをぶつけた。

「ぷはっ、うめえや」

権藤は一気に飲み干すと、すっかりご機嫌になった。

果穂も由紀恵も綾子も笑っている。そんなみんなに囲まれて、信彦も自然と表情をほころばせた。

「お仕事、まだ休めるんだよね?」

果穂が首をかしげるようにして顔を覗きこんでくる。距離が近すぎてドキドキするが、懸命に平静を装った。

「上司はそう言ってくれてるけどね。まだ仕事のことが思い出せないから、これからどうなることか……」

会社に連絡を入れると、しばらく自宅療養するように指示された。

これ以上休むのは悪い気もしたが、仕事中の事故である。会社としても無理をさせられないようだった。

失われた記憶は今のところ戻っていない。電話で話をした上司のこともわからなかった。

ただ、なにを覚えていて、なにを忘れてしまったのか、ということに関しては整理がついていた。

不思議なことに、消えたのは仕事と事故の記憶だけだった。

しかも、十年前に異動になった総務部からの記憶が抜け落ちていた。そもそも総務部に異動になったことも忘れており、電話で話した上司に言われたから、そう認識しているだけだった。

異動する前の営業部に所属していたときのことは克明に覚えている。プライベートに関しては、出張前日のことまではっきりわかった。

「焦らないでね。こういうのって、なにかが刺激になって急に思い出すこともあるみたいだから」

由紀恵が声をかけてくれる。こうして誰かが気を使ってくれるのが、ひとり身の男にとっては嬉しいことだった。

まだ体調が万全ではないので、信彦はビールを少しずつ飲んだ。

綾子が用意してくれた焼き魚や肉じゃが、きんぴらごぼうといった家庭料理がじつに美味だった。

「うむっ……うまい！」

とくに牛すじ煮込みは絶品だ。ひと口食べた瞬間、思わず唸ると、みんながいっせいにこちらを向いた。

「ちょっと、びっくりさせないでよ」

「具合が悪くなったと思ったわ」

果穂と由紀恵が同時に突っこんでくる。綾子はカウンターの向こうで頬をこわばらせていた。

「ごめんごめん。あんまり美味《おい》しいから」

慌てて告げると、果穂と由紀恵は笑ってくれる。だが、綾子は小さく息を吐き出した。

「本当に……本当に心配してたんですよ」

「綾子さん？」

「もう、目を覚まさないかと……」

昏睡状態だったときのことを思い出したのだろう。深刻な顔になり、見るみる瞳を潤ませた。

「ノブさん、いつも、うまいうまいって食べてくれてたから……もう声が聞けなくなるんじゃないかって……うっぅぅっ」

こらえきれないとばかりに、綾子が嗚咽を漏らしはじめる。いつも冷静な彼女が、ここまで感情を露わにするとは意外だった。

「綾子さん、我慢してたのよ。すごく心配してたんだから」

ぽつりとつぶやいたのは由紀恵た。

由紀恵と綾子は遠い親戚だと聞いている。長いつき合いなので、いろいろ話していたのかもしれなかった。

「バカ野郎っ、メソメソするんじゃねえ！」

突然、権藤が大きな声で叱り飛ばした。

「ゴンちゃん、怒鳴らないでよ。すぐ怒るの悪い癖だよ」

すると今度は果穂が頬をぷくっと膨らませる。ビールを飲んだせいか、愛らしい顔がほんのり染まっていた。

「うるせえ、果穂のくせに生意気言うな」

権藤も黙っていない。すぐに言い返して、ぐっとにらみつけた。

「呼び捨てにしないでくれる。わたし、ゴンちゃんの孫でもなんでもないんだからね」

「人をジジイみたいに言いやがって、この野郎」

このままだと話が脱線しそうだ。そのとき、綾子が「ごめんなさい」とつぶやいた。

「ちょっと、思い出してしまって……楽しく飲みましょう」

指先で涙を拭い、無理に笑みを浮かべている。その姿を目にしたとき、信彦の胸にこみあげてくるものがあった。

「果穂ちゃんも権藤さんも、もう喧嘩《けんか》しないで。つらかったのはみんな同じでしょう。今日は信彦さんの退院祝いよ」

由紀恵のひと言で、果穂と権藤は言い争うのをやめた。

「うん……ノブちゃん、ごめんね」

「騒いで悪かったな」

二人は神妙な顔で謝ってくるが、こんな騒ぎはいつものことだ。喧嘩するほど仲がいいと言うが、権藤と果穂はまさにそんな感じだった。

「帰ってきた感じがするな……福柴商店街に」

信彦のつぶやきに、みんなが耳を傾けている。大事故から生還して、こうして再び仲間と集まれたことが、なにより嬉しかった。

その後は楽しく宴会がつづいた。

みんな、いい感じにできあがった。日付が変わるころには、果穂と由紀恵が眠そうな目になっていた。

「よし、こいつらは俺が送っていくからまかせておけ。ノブ、おまえもゆっくり休めよ」

権藤は赤ら顔でそう言うと、果穂と由紀恵を引き連れて帰っていった。

時刻は午前零時過ぎ、退院祝いはお開きになり、綾子と信彦の二人が店に残された。

「これ、誰のだ？」

カウンターに花柄のハンカチが置いてあった。おそらく、果穂か由紀恵の忘れ物だろう。

「由紀恵ちゃんのだわ。わたしが去年のお誕生日にプレゼントしたんです。預かっておきますね」

親戚同士やはり仲がいいのだろう。由紀恵のことを話すとき、綾子の口調がいつにも増してやさしくなることに気づいていた。

「じゃあ、俺も――」

そろそろ帰ろうとしたときだった。

綾子は無言でカウンターを出てくると、なぜか引き戸に鍵をかけた。さらにカーテンをぴったり閉じてしまった。

3

「飲み直しませんか」

綾子は穏やかな声で言うと、割烹着を脱いで隣に腰かけた。

いつもカウンターの向こうに立っていたので、こうして並んで座るのが新鮮だった。

今夜の綾子は、水色の地に紫陽花《あじさい》が描かれた絽《ろ》の着物を纏《まと》っていた。黒髪をきっちり結いあげており、うなじに垂れかかる後れ毛が色っぽい。この店には何度も来ているが、これほど近い距離で見るのは初めてだった。

「おひとつ、どうぞ」

白くてほっそりした指で瓶を持ち、グラスにビールを注《つ》いでくれる。帰るタイミングを完全に失ってしまった。

もっとも急いで帰る必要はない。どうせ休職中の身だ。飲みすぎなければ問題ない。それに、なにかが刺激になって記憶が戻る可能性もある。なにより綾子に誘われたのが嬉しかった。

「じゃあ、綾子さんも」

平静を装ってお酌する。グラスをそっと持つ彼女の指に見惚《みと》れていた。

「いただきます」

ビールを飲む横顔に、ついつい目を向けてしまう。ぽってりした唇をグラスにつけて、少し顔を上向かせている。そのとき、耳が小さくて可愛らしいことに初めて気がついた。

耳たぶが薄くて控えめな感じが、穏やかな性格の綾子らしかった。

三年前、綾子は夫を心臓の病で亡くしていた。三十五歳という若さで未亡人となり、以来独身を貫いている。

彼女ほどの美貌があれば、いつでも再婚できるのではないか。実際、わざわざ隣町から通ってくる客もいる。だが、綾子は本気で相手にすることはない。心のなかには今でも亡き夫がいるようだった。

商店街を離れられない彼女の気持ちがわかる気がする。夫婦で切り盛りしていた店を、これからも守っていくつもりなのだろう。

「ノブさん？」

ふいに視線が重なり、信彦は慌てて視線を逸《そ》らした。そして、見ていたことを誤魔化すようにビールを喉に流しこんだ。

（なんか、ヘンな感じだな……）

自然と胸の鼓動が速くなってしまう。二人きりだということを意識せずにはいられなかった。

「いい飲みっぷりですね」

空になったグラスにビールが注がれる。間が持たず、つい飲んでしまった。

「勝手にやるので、お構いなく」

「そんな淋しいこと言わないでください」

綾子が拗ねたような瞳を向けてきた。上目遣いに見つめて、唇を少し尖《とが》らせている。こんな彼女を見るのは初めてだった。

「男の人と二人きりで飲むの、久しぶりなんです」

ドキリとすることを言う。だが、それでも平静を装いつづけた。

「俺も……かな」

妻を亡くしてから女性と親しくなるのを避けていた。

当時はなにもする気が起きなかった。すべての気力を失い、生きている意味がわからなくなっていた。表面上は普通に振る舞っていたが、実際は抜け殻のような状態だった。

「さっきは泣いたりして、ごめんなさい。もしノブさんがいなくなったらと思ったら、つい……」

綾子の声は消え入りそうに小さい。だが、もう涙を流すことはなかった。

深い話はしたことがない。それでも、お互い伴侶を亡くした者同士、なんとなく気持ちはわかった。

似た境遇の者が近くにいることが、心の支えになっていたのだろう。見つめてくる彼女の瞳が熱を帯びていた。

「わかるよ、同じだから」

「ノブさん……」

彼女の手がチノパンの太股にそっと重なった。

手のひらの柔らかさと体温が、はっきり伝わってくる。たったそれだけで、股間がズクリと疼《うず》いた。さらに太股を撫でられると、さらに疼きが大きくなってしまう。

「あ……綾子さん」

困惑して呼びかけると、綾子はすっと身を寄せてくる。そして、信彦のポロシャツの肩に、頭をちょこんと乗せた。

「今夜だけ――」

綾子が顔を上向かせる。甘い吐息が鼻先を掠めて、無意識のうちに肺いっぱいに吸いこんだ。

「ノブさんの女にしてください」

太股に置かれた手が、股間へと滑ってくる。布地越しに男根に重なり、スリッ、スリッと擦《さす》られた。

「うっ……」

思わず小さな声が漏れてしまう。

同じ傷を抱えているとはいえ、こんな展開はまったく予想していなかった。信彦が昏睡状態に陥り、不安になっていたのだろう。もしかしたら、夫を亡くしたときのことを思い出したのかもしれない。

「あ……硬くなってきました」

綾子が小さな声を漏らした。

撫でられている男根が、ボクサーブリーフのなかで芯を通しはじめている。むくむくと成長して、チノパンの前が膨らんできた。

(や、やばい……)

甘い刺激がひろがるとともに、欲望が湧きあがってくる。だが、心のなかには迷いもあった。

綾子とは十年来のつき合いだ。亡くなった夫、昭雄《あきお》のことも子供のころから知っている。ときどき酒を飲み交わす仲だった。昭雄は三つ年下だったが不思議と気が合い、突然入院する一週間前にも朝まで飲んでいた。

――もし俺になにかあったら、綾子のことをよろしく頼む。

酔っぱらうと、昭雄は必ずそう言った。

まさか自らの死を予感していたわけではないだろう。彼の病気は突発的なものだった。妻を愛するが故、万が一のときを考えて、友人である信彦に託していたに違いない。

だからこそ、彼女と関係を持つことに後ろめたさがあった。それでも、ペニスを擦られるほどに、黒い欲望が膨らんでいく。

「き、きっと、後悔するよ」

やっとのことで言葉を絞り出した。

本音を言えば、このまま快楽に流されてしまいたい。だが、これまでの関係が壊れてしまうのを恐れていた。

「ううん、後悔なんてしません」

股間をまさぐりながら綾子が見つめてくる。ペニスはますます硬化して、チノパンの前を盛りあげていた。

「それとも、お嫌ですか？」

悲しげな瞳を向けられると、なにも言えなくなる。嫌なわけがない。だからこそ、男根はこんなにも反応しているのだ。

「ねえ、ノブさん……」

綾子は椅子からおりると、信彦の目の前にしゃがみこんだ。

そして、ベルトを外してチノパンのファスナーをおろしはじめる。とめるなら今しかない。だが、潤んだ瞳で上目遣いに見つめられると、妖しい期待が膨らんでしまう。

結局、彼女の動きに合わせて、椅子から尻を浮かせていた。チノパンが一気に引きおろされると、前が膨らんだボクサーブリーフが露わになる。しかも、亀頭の先端部分には黒っぽい染みができていた。

「もうこんなに……嬉しいです」

綾子は吐息混じりにつぶやき、ボクサーブリーフの上からペニスをそっと摑《つか》んでくる。指を巻きつけて、ゆるゆるとしごきたててきた。

「くううっ」

硬化した肉竿《にくざお》を擦られるのがたまらない。ほんの少し刺激を与えられただけで、新たな我慢汁がどっと溢《あふ》れ出した。

彼女の指がボクサーブリーフのウエストにかかる。胸にひろがる期待を押しのけることができない。信彦は葛藤しながらも、黙ってボクサーブリーフを脱がされてしまった。

「ああ……」

綾子が小さく喘《あえ》いで息を呑んだ。

ペニスを目にするのは久しぶりなのだろう。しかも、屹立《きつりつ》して雄々《おお》しく反り返った肉柱だ。彼女の表情は恐れおののいているようにも見えるし、うっとりしているようにも映った。

「すごく……大きいんですね」

ひとりごとのようにつぶやくと、根元に指を巻きつけてくる。そして、陰毛を押さえるように手を置いて、先端に顔を寄せてきた。

「あ、綾子さん……まさか……」

「お願いです、今夜だけ……ンンっ」

綾子はそう言うと、亀頭にチュッと口づけする。軽く触れただけで、信彦は椅子の上で腰をぶるるっと震わせた。

「ちょ、ちょっと……」

「この匂い……はあっ」

信彦の困惑をよそに、綾子は急速に昂《たかぶ》っていく。我慢汁が付着するのも気にせず、亀頭についばむようなキスを繰り返す。そして、ついに吐息を吹きかけながら、ペニスの先端をぱっくり咥えこんできた。

「はむンンっ」

柔らかい唇がカリ首に密着する。それと同時に舌が絡みつき、まるで飴玉を舐《な》めるようにしゃぶられた。

「くおおッ、そ、そんな……」

瞬く間に快感がこみあげて、股間から全身へとひろがっていく。

綾子は亡くなった友人の妻で、行きつけの小料理屋の女将《おかみ》でもある。商店街の男たちが密《ひそ》かに気にしている麗しい未亡人だ。そんな彼女が目の前にひざまずき、陰茎を口に含んで舐めしゃぶっていた。

「あふっ……むふンっ」

ゆっくり頭を振り、唇で太幹を擦りあげてくる。唾液とカウパー汁が混ざり合い、砲身全体に塗り伸ばされていく。ヌルヌル滑る感触がたまらず、信彦は椅子の上で股間を突き出す格好になっていた。

「あ、綾香さんが……くううッ」

「ンっ……ンっ……ンっ……」

綾子は微かに鼻を鳴らしながら、ゆったりしたペースで頭を振っている。肉厚の唇で男根をしごき、蕩《とろ》けそうな快楽を送りこんできた。

(まさか、こんなことに……昭雄、許してくれ)

亡き友に心のなかで謝罪する。ところが、そうすることで背徳感が刺激されて、ますます快感が大きくなってしまう。悪いことをしていると思うほどに、我慢汁の量が増えていった。

「はむっ……むふっ……はふぅっ」

物静かで儚《はかな》げな未亡人が、ペニスをうまそうにしゃぶっている。我慢汁を啜《すす》りあげては飲みくだし、根元まで口内に含んでいく。先端が喉の奥に到達して苦しいはずなのに、無我夢中で舐めまわしていた。

「おおッ……おおおッ」

もう信彦は唸ることしかできない。こみあげてきた射精欲に耐えながら、未亡人の濃厚な口唇奉仕に身をまかせていた。

「ンっ、ンっ、ンっ……」

首振りのスピードがあがっていく。肉胴の表面をねちっこく擦りながら、同時に思いきり吸茎された。

「うむうううッ！」

未亡人の呻き声とともに、男根を舐めしゃぶるジュブブッという下品な音が響き渡る。その瞬間、快感の大波が押し寄せて、信彦の全身を呑みこんだ。

「くおおおッ、そ、そんな……ぬおおおおッ」

とてもではないが耐えられない。無意識のうちに股間を突き出すと同時にペニスが脈動を開始する。熱いザーメンが尿道を駆け抜けて、先端から勢いよく噴きあがった。

「で、出るっ、おおおッ、くおおおおおおッ！」

凄《すさ》まじい快感の嵐が湧き起こり、全身の筋肉が痙攣《けいれん》した。亡くなった友人の妻に、男根を咥えられたまま射精する。背徳感が胸にひろがることで、なおのこと愉悦が深くなった。

「あむうぅッ……はンンンッ」

綾子は喉奥で呻いて、さらに唇で太幹を締めつける。そうしながら、口内に注がれたザーメンを次々と飲み干していった。

（綾子さんが、俺の精液を……）

股間を見おろして、異様な興奮がこみあげる。射精は延々とつづき、驚くほど大量の欲望を放出した。

ペニスの痙攣が収まっても、綾子はなかなか口を離そうとしない。口内でクチユクチュともてあそび、尿道口を舌先でくすぐってくる。精液の残滓《ざんし》をすべて舐め取ると、再びスローペースで首を振りはじめた。

「も、もう……おおっ、おおおっ」

収まりかけていた快感が、またしても膨らんでいく。

射精直後のペニスをしゃぶられるのは、くすぐったさをともなう悦楽だ。両脚がピーンッと伸びきり、こらえきれない呻き声を振りまいてしまう。休む暇はいっさい与えられず、極上の快楽を送りこまれる。すると、男根は先ほどよりもむしろ硬くなった。

「はあっ……また大きくなったみたいです」

股間から顔をあげた綾子が、頬を火照らせながら見あげてくる。うっとりした表情は目を離せないほど艶《つや》めいていた。

4

「わたし……もう……」

綾子はふらりと立ちあがった。

なにをするのかと思えば、いきなり帯をほどきはじめる。信彦は椅子に座ってペニスをそそり勃《た》たせたまま、その様子を見つめていた。

（い、いいのか……ほ、本当に？）

ここまで来ても、まだ迷いがあった。

信彦が拒まなければ、友人を裏切ることになってしまう。一時の欲望に流されたら、一生後悔することになるのではないか。

「やっぱり……」

理性の力を総動員して拒もうとする。その直後、帯をほどいた綾子が、着物と長襦袢《ながじゅばん》を脱ぎ去った。

信彦は思わず言葉を失っていた。

見てはいけないと思っても、目を見開いた状態で固まってしまう。屹立《きつりつ》したペニスは、唾液とカウパー汁でヌラヌラ光っていた。

すぐ目の前で、友人の妻の熟れた女体が露わになっているのだ。下膨れした乳房が重たげに揺れて、紅色の乳首が隆起している。腰は緩やかな曲線を描いており、豊かな双臀《そうでん》へとつづいていた。

恥丘は肉厚でぽってりして、漆黒の陰毛に覆われている。まるで情の深さを示すように、濃密に生い茂《しげ》っていた。

結いあげた黒髪は淑やかなのに、白い裸体を惜しげもなく晒《さら》している。しかも、白い足袋《たび》だけ身に着けているのが余計に卑猥《ひわい》だった。

「そんなに見られたら……」

自ら裸になっておきながら、綾子は片手で乳房を、もう片方の手で股間を隠そうとする。そうやって恥じらう姿が、かえって牡《おす》の獣欲を刺激した。

「あ……綾子さん」

それ以上、言葉がつづかない。凄絶《せいぜつ》な美しさを前にして、信彦は指一本動かせなくなっていた。

「ああ、いやです」

綾子はぴったり閉じた内腿《うちもも》をもじもじ擦《こす》り合わせている。視線を感じたことで高揚しているようだった。

「男の人に見られるの……久しぶりなんです」

綾子の声は羞恥に掠れていた。

頬をほんのり染めた姿は、精液を飲み干した直後とは思えない。やはり彼女は淑《しと》やかな未亡人だ。夫を亡くしてからの三年間、操《みさお》を守ってきたのだろう。だからこそ、ペニスをしゃぶっても清楚《せいそ》な雰囲気を保っていられるのだ。

とはいえ、綾子は三十八歳の女盛りである。熟れた女体を持てあましてきたに違いなかった。

（だから、あんなに……）

手で隠しきれない乳房は張りつめて、乳首は卑猥に尖り勃っている。顔を真っ赤にして恥じらいながらも、夫以外の男に見られることで、悦《よろこ》びを覚えているのも事実だった。

（でも……どうして……）

もう自分では処理できないほど、欲望を溜《た》めこんできたのではないか。男を求めて夜泣きする身体《からだ》を、毎晩自分で慰めてきたのだろう。だが、それももう限界だった。

だからといって、三年も操を守った末に選んだ相手が、どうして夫の友人である自分なのかが理解できなかった。

「俺と昭雄は……子供のときからの……」

目の前の女体に魅了されながらも、なんとか言葉を紡いでいく。ペニスはいきり勃っているが、このまま欲望に流されるわけにはいかない。そんなことをすれば、冷静になってから自己嫌悪に陥るのは目に見えていた。

「きっと、夫も許してくれます……ノブさんなら」

綾子がすっと一歩踏み出してくる。そして、信彦の肩に両手を置いて、顔を近づけた。

「綾子さ――んんっ」

キスで口を塞がれてしまう。唇の表面がそっと触れるだけの、やさしい口づけだった。

「あの人は、ノブさんのことを信頼していました。俺になにかあったら、あいつを頼るんだぞって」

「昭雄が、そんなことを……」

信彦に言っていたように、愛する妻にも伝えていたとは驚きだ。でも、よくよく考えてみれば、心配性で用心深い昭雄ならありそうなことだった。

「きっと、他の人よりも、ノブさんのほうが……今夜だけ、お願いします」

切なげな瞳で懇願されると突き放せない。綾子は欲望を鎮めたいだけだ。それならば、確かに彼女の言うとおり、他の男よりも信彦が相手をするのが一番安全な気がした。

「本気……なんだね？」

瞳を見つめて問いかけると、彼女はこっくり頷いた。

「いやらしい女だって思わないでください」

右手を股間に伸ばして、男根を握り締めてくる。唾液とカウパー汁にまみれた肉竿を、ヌルヌルとしごきたててきた。

「ううっ……あ、綾子さん」

ここまで来たら、もう拒むことはできなかった。

信彦はペニスを摑まれたまま立ちあがると、熟れた女体を抱きしめた。彼女はほんの一瞬、全身を硬直させたが、すぐに力を抜いて胸板に倒れこんでくる。だから、信彦は彼女の滑らかな背中を撫でまわした。

「ああっ」

背筋を指先で掃《ふ》きあげると、綾子が潤んだ瞳で見あげてくる。背徳感に襲われながらも、期待しているのではないか。彼女の息遣いはハアハアと乱れており、しきりに内腿を擦り合わせていた。

「お、俺も、もう……」

女体から伝わってくる体温が、牡の獣欲を掻《か》きたてる。信彦は吸い寄せられるように唇を重ねると、そのまま舌をねじこんだ。

「はあンっ……」

綾子も遠慮がちに舌を伸ばしてくる。自然と舌を絡ませるディープキスになり、彼女の甘い唾液を啜りあげた。

粘膜を擦り合わせるのが気持ちいい。頭のなかが燃えあがったように熱くなり、ますます濃厚なキスに溺れていく。信彦が唾液を流しこめば、彼女も喉を鳴らしながら嚥下した。

（キスがこんなに興奮するなんて……）

ペニスは破裂しそうなほど膨張して、綾子の下腹部に密着している。ちょうど恥丘に当たっており、柔肉をグリグリ刺激していた。

「はあンっ……ノブさん」

綾子が腰をたまらなそうにくねらせる。そして、自ら股間を突き出し、恥丘を剛根に擦りつけてきた。

「硬いのが当たって……ああっ、もう、わたし……」

潤んだ瞳でしきりに訴えてくる。女体に火がついて、もう我慢できないところまで高まっているのだろう。たっぷりした乳房を揉《も》みあげれば、さらに反応が顕著になった。

「あンンっ、そんなことされたら……」

綾子が鼻にかかった声を漏らして、腰を右に左にくねらせた。見つめてくる瞳はますます潤み、半開きの唇から艶っぽい溜め息が溢れ出す。そんな未亡人の悩ましい反応に気をよくして、信彦はさらに乳房を揉みまくった。

（おおっ、なんて柔らかいんだ）

まるで完熟したメロンの果肉に、指先を沈みこませているようだ。蕩ける感触に魅せられて、さらに柔肉をこってり捏《こ》ねまわした。

「うっ！」

そのとき、頭のなかで閃光《せんこう》が走った。後頭部を鈍器で殴られたような衝撃を覚えて、足もとがフラついた。

（こ、この感じは……）

脳裏に亡き妻の顔が浮かんだ。

久しぶりに乳房の柔らかさを感じたことで、妻の記憶が呼び起こされたのだろうか。いや、なにかが違う。妻が亡くなったのは十年前だが、手のひらに残っている感触はもっと最近のものだった。

（まさか、俺は他の女と……）

妻を亡くしてから、他の女性と関係を持ったことはないはずだ。

ひとりだけ残されて、もう立ち直れないかと思うほど気持ちがどん底まで落ちこんでいた。他の女に目が行くはずがない。しかし、まだ一部の記憶は失われたままだ。妻以外の女性と交わった可能性を否定できなかった。

（そんなはず……俺は妻だけを……）

心のなかで繰り返すほど、自信がなくなってくる。それと同時に、ずっと頭の片隅にいる「あの女」の存在が大きくなった。

（あの女と俺は、もしかしたら……）

まさかと思うが、関係を持ったことがあるのだろうか。

信彦が病室で目覚めたとき、引き出しのなかを物色していた。あの行動はどう考えても怪しいが、現金には手をつけていなかった。ただの泥棒ではないと思うと、なおさら心に引っかかった。

「はあンっ」

綾子の喘ぎ声で、意識が現実に引き戻された。

「あンっ……ノブさん」

乳房を揉んでいた指が乳輪を掠めたことで、快感が跳ねあがったらしい。屹立した乳首が、女体がくねるたびにプルプル震えていた。

「ねえ、お願いです」

男を誘う甘ったるい声だった。

綾子は信彦の手からすり抜けると、信彦に背中を向けてカウンターに両手を置いた。女体を軽く反らして、双臀を突き出した格好だ。その状態で振り返り、ねだるような瞳で牡の本能に訴えかけてきた。

「こ、これは……」

信彦は両目をカッと見開き、白くて豊満な尻に視線を注いだ。

染みがひとつもなく肌はツルリとしている。脂が乗った尻たぶはたっぷりとして、見るからに柔らかそうだった。

(あ、綾子さんの尻……)

一瞬で心を奪われてしまう。なにしろ、未亡人の豊満なヒップが目の前に迫っているのだ。綾子は腰をくねらせて尻を振り、夫以外の男に精いっぱい媚《こび》を売っていた。

「後ろから……してください」

綾子が涙混じりの声で懇願してくる。そして、さらに尻をぐっと後方に突き出した。

結いあげた黒髪とうなじを彩る後れ毛、さらには滑らかな背中とくびれた腰の曲線に視線を奪われる。たっぷりした尻が魅力的で、肉づきのいい太股もたまらない。ふくらはぎはスラリとしており、細く締まった足首と白足袋の組み合わせが男心をくすぐった。

「本気なんだね」

尻たぶに両手を置いて指をめりこませた。

柔らかさを楽しみながら臀裂を割り開けば、くすんだ色の尻穴と濃い紅色をした陰唇が露わになった。

（こ、これが、綾子さんの……）

愛蜜でぐっしょり濡《ぬ》れた二枚の花びらが、物欲しげに蠢《うごめ》いている。逞《たくま》しい男根で貫いてほしくて、割れ目から透明な涎《よだれ》を垂れ流していた。

綾子は亡き友の妻である。

そう考えると、なおのこと目の前の光景が生々しく思えてくる。まさか、こうして彼女の股間を見る日が来るとは信じられない。濡《ぬ》れそぼった未亡人の陰唇は、まるでイソギンチャクのようにウネウネとうねっていた。

「お願いします、ノブさんの大きいの……ください」

綾子の掠れた声がきっかけとなった。信彦は硬化したペニスの先端を、愛蜜を滴らせた割れ目に押し当てた。

「ンンっ」

滑らかな背中が反り返り、綾子が期待に尻肉を震わせる。それを目にしたことで、尿道口から溢れる我慢汁の量がどっと増えた。

「どうなっても知らないよ」

信彦も抑えが利かなくなっている。尻たぶを握り締めて、腰をゆっくり送り出した。

「ああっ、ノブさん！」

陰唇を巻きこみながら、ペニスが膣口《ちつこう》に嵌りこんだ。女体がビクンッと反応して、亀頭に膣粘膜が絡みついてきた。

「は、入った……綾子さんのなかに……」

ついに亡き友の妻と繋がってしまった。股間を見おろせば、男根が女壺にずっぽり嵌っている。彼女の肛門はキュッと恥ずかしげに窄《すぼ》まっており、膣口が太幹をしっかり食い締めていた。

（俺は……昭雄、すまん）

友を裏切ったという思いが、瞬く間に胸を塞いでいく。葛藤はあったが、彼女の魅力に抗《あらが》うことはできなかった。

腰をさらに押しつけて、ペニスを根元まで挿入する。みっしり詰まった媚肉《びにく》を掻きわけていく感じがたまらない。太幹と膣口の隙間から、愛蜜がグチュッと溢れ出した。

「はああっ、もっと奥までください」

綾子が高揚した声で懇願する。熟れた尻を左右に揺すり、さらなる挿入を求めていた。

それならばと、信彦は尻肉がひしゃげるほど腰を押しつける。すでに根元まで埋まっているペニスを、さらに奥までねじこんだ。その結果、先端が膣の最深部に到達して、行きどまりの部分をゴリッと圧迫した。

「あううッ……そ、そこ……そこです」

どうやら子宮口が感じるらしい。綾子はカウンターに爪を立てて、全身を小刻みに震わせた。

「くうッ、き、きつい」

蜜壺全体が収縮している。膣壁はトロトロに蕩けているのに、締めあげられると凄まじい力だ。肉棒に密着してうねる感触に誘われて、自然とピストン運動をはじめていた。

鋭く張り出したカリで、膣粘膜を擦りあげる。くびれた腰をがっしり摑み、華蜜を掻き出すつもりで抜き差しした。

「あッ……あッ……すごく擦れて、ああッ」

喘ぎ声が大きくなるほどに、女壺の締まりも強くなる。愉悦が膨らみ、自然と抽送速度もアップした。

「おおッ……おおおッ」

「あああッ、そ、そこ……はああッ」

信彦の唸り声と綾香の喘ぎ声が交錯する。二人はいつしか息を合わせて腰を振り、快楽を告げる声を小料理屋の店内に響かせた。

「あ、綾子さんのなか……ううッ、気持ちいい」

彼女の背中に覆いかぶさって、両手を前にまわしていく。乳房を揉みながら腰を振ることで、なおのこと快感が大きくなる。女体の温《ぬく》もりに惹《ひ》かれて、白いうなじにむしゃぶりついた。

「あンっ、ああンっ、わ、わたし……」

綾子がなにか言いかけるが、信彦は腰を振りつづける。さらに、双《ふた》つの乳首をキュッと摘《つま》みあげた。

「ああッ、わたしも……ああンッ、感じます」

ペニスを出し入れするほどに、綾子の声が艶を帯びていく。愛蜜の量もどんどん増えて、湿った音が大きくなる。まるで蜂蜜の瓶に男根を突きこんで、好き放題に掻きまわしているような感覚だった。

「ああッ、ああッ、い、いいっ、いいですっ」

いつも常連客たちが笑い合っている店内に、綾子のよがり声が響き渡る。いつしか彼女は白足袋を穿いた足でつま先立ちになり、力強さを増していく抽送を受けとめていた。

「おおッ、また締まってきた、おおおッ」

亡くなった友人の妻と交わっていると思うと、異様なほど興奮する。いくら彼女に求められたからといって、許されることではなかった。

「も、もっと、ああッ、もっと激しくしてください」

綾子が喘いでくれるから、自然と抽送速度がアップしていく。膨れあがる射精欲にまかせて、愛蜜が飛び散るほど男根を勢いよく出し入れした。

「くうッ、綾子さんっ」

「ああッ、もうっ、ああッ、もうっ」

絶頂が迫っているのは間違いない。彼女の言葉に勇気をもらい、信彦はラストスパートの抽送に突入した。

くびれた腰を摑み直し、全力で腰を叩きつける。未亡人と立ちバックで腰を振り合っているのだ。もはや信彦も昇りつめることしか考えられない。溶鉱炉のように熱く滾《たぎ》る蜜壺に、いきり勃った剛根を抉《えぐ》りこませた。

「はああッ、いいっ、いいっ、もうイキそうですっ」

「いいよ、イッても……イクんだ、おおおッ！」

射精したいのをこらえて腰を振りまくる。膨張した亀頭を叩きこみ、子宮口を集中的にノックした。

「そ、そこ、あああッ、いいっ、もうダメですっ、イクッ、イクうううッ！」

女体が思いきり反り返り、女壺が激しく波打った。男根がギリギリと絞りあげられて、鮮烈な快感が突き抜けた。

「くおおッ、お、俺も……」

彼女の絶頂を見届けたことで、信彦にも限界が訪れる。彼女の尻肉がひしゃげるほど腰を押しつけると、ついに最深部で欲望を爆発させた。

「おおおッ、出すぞっ、おおおおッ、ぬおおおおおおおッ！」

深く埋めこんだペニスが脈動して、煮えたぎったザーメンを噴きあげる。目の前が真っ赤に染まり、もうなにも考えられない。先ほど放出したばかりにもかかわらず、大量の精液がドクドクと迸《ほとばし》った。

（す、すごい……まだ出るっ）

かつてない快感の嵐が吹き荒れて、頭のなかが真っ白になっていく。尿道口から次々と精液が飛び出すたび、信彦は獣のように唸っていた。

綾子はカウンターに突っ伏すと、尻を突き出した格好で女体をぶるるっ、ぶるるっと震わせている。絶頂の余韻に浸っているらしく、男根を咥えこんだままの女陰は収縮と弛緩《しかん》を繰り返していた。

（最高だ……なんて気持ちいいんだ）

脳髄が沸騰するかと思うほどの快楽だった。

綾子が亡き友の妻だということを忘れたわけではない。これは一度きりの関係だ。だからこそ、これほど燃えあがったのだろう。

（でも、もうちょっとだけ……）

身体を重ねたことで、心まで温かくなっている。この心地よい快楽に、あと少しだけ浸っていたかった。

信彦は女体に覆いかぶさると、豊満な乳房を揉みまわした。熱い媚肉の感触を堪能《たんのう》しながら、双つの柔肉に指をめりこませていった。

「うっ……」

そのとき、後頭部に鈍い痛みを覚えた。

脳裏に浮かんだのは、またしてもあの女の顔だった。なにかを思い出しそうになる。だが、あと一歩のところで出てこない。とにかく、あの女が赤の他人とは思えなかった。

(いったい、俺とどういう関係なんだ……)

首をかしげながら、ゆっくりペニスを引き抜いた。

ぱっくり口を開けた膣口から、精液と愛蜜がミックスされた白濁汁がとろりと垂れて糸を引いた。

第二章　押しかけヴァージン

1

翌朝の九時過ぎ、信彦は自宅で遅めの朝食を摂《と》っていた。

ご飯を炊いて、納豆とインスタントの味噌汁《みそしる》だけという質素なメニューだ。事故に遭う前も、だいたいこんな感じだった。

ひとりで食卓に向かっているときが、孤独をもっとも強く感じる。だから、いつも晩ご飯は商店街のどこかで摂るようにしていた。

昨夜、綾子と関係を持ってしまった。

(俺は、昭雄が愛した女と……)

今ごろ、彼女も胸に微《かす》かな痛みを覚えているのではないか。やはり二人の関係が発展することはないだろう。

信彦も綾子も、思い出が詰まったこの商店街を愛していた。それならば、昨夜のことにはいっさい触れず、何事もなかったように過ごすしかない。少し淋《さび》しい気もするが、それが二人のためだった。

朝食を終えると、信彦は押し入れから古いアルバムを引っ張り出した。淋しくなって思い出に浸りたかったわけではない。写真を一枚一枚じっくり眺めることで、失われた記憶が戻るかもしれない。たとえすぐに戻らなくても、なにかのヒントになればいいと思った。

だが、信彦は小さな溜《た》め息とともにアルバムを閉じた。

期待していたことは、なにも起きなかった。記憶が戻る兆しすらなく、淋しさばかりが膨らんだ。写真のなかで笑っていた両親と愛する妻は、もうどこにもいない。そのことをあらためて実感しただけだった。

昼も簡単なもので食事をすませた。

そして、部屋の隅に置いてある木製のデスクに向かった。仕事関係の資料などを見ることで、なにかを思い出すのではないか。失われているのは、主に仕事の記憶だった。

ところが意外なことに、仕事に関するものはなにもない。自分の名刺すら見当たらなかった。

デスクの上にあったノートパソコンを立ちあげてみる。ファイルを確認していくが、やはり仕事に直接かかわるものは見つからない。営業部に所属していたころは、家で営業用の資料を作ったこともある。総務部に異動してからは、家でいっさい仕事をしなかったのだろうか。

首をかしげていると、携帯電話の着信音が鳴り響いた。

画面には「江原剛志《えはらつよし》」と表示されている。兼丸商事の総務部長だ。昏睡状態のとき、何度も見舞いに来てくれたと聞いている。まだ顔は思い出せないが、意識が回復してからは電話で連絡を取っていた。

「はい、藤原です」

通話ボタンを押すと、はきはきした声を意識する。記憶が一部戻らない以外は問題ない。これ以上、病人扱いされたくなかった。

『兼丸商事の江原です』

渋みのある落ち着いた声音は江原に間違いない。顔はわからなくても、電話のやりとりをしたことで声は認識できるようになっていた。

『調子はどうだね』

「筋肉は多少落ちていますが、どんどん回復しています。日常生活も普通に送れているので問題ありません」

職場復帰をアピールしたつもりだ。家で療養しているより、早く仕事に戻りたい。会社に行けばなにかしら刺激を受けて、記憶が回復するきっかけになるかもしれない。

『なるほど。少しだけ会って話はできるか?』

「はい、もちろんです」

復帰に向けての話し合いに違いない。ふたつ返事で了承すると、江原は今から向かうと言って電話を切った。

午後二時、インターフォンが鳴り、江原がひとりでやってきた。

ダークグレーのスーツを着たがっしりした男だ。年は五十代半ばといったところだろう。髪に白いものが混ざっているが目つきは鋭く、いかにも切れ者といった感じだった。

「久しぶりだな、藤原」

人懐っこそうな笑みを浮かべているが、目はまったく笑っていない。信彦の回復具合を、上司として見極めようとしているのだろうか。

「お……お久しぶりです」

健康をアピールしなければならないが、一瞬、言葉に詰まってしまう。なにしろ、江原の顔をまったく覚えていなかった。

「どうぞ、おあがりください」

とにかく部屋にあげて、食卓の椅子に座ってもらう。狭い家なので、客人を案内するような部屋はなかった。

「お茶でよろしいですか？」

「いや、すぐに行くから気にしなくていい」

江原はそう言って、菓子の箱を差し出してきた。

「すみません、気を使っていただいて」

気が引けるので、やはりお茶を淹《い》れようと腰を浮かしかける。ところが、それを制するように江原が話しかけてきた。

「顔色はいいな」

「あ、はい、おかげさまで」

復帰の話を切り出す絶好のタイミングだと思った。ところが、一瞬早く江原が口を開いた。

「わたしの顔がわかるか？」

真剣な目でまっすぐ見つめてくる。まるで胸のうちを見透かすような眼光の鋭さがあった。

信彦は唇を引き結んで黙りこんだ。

江原の顔を覚えていない。ただ、まったくの初対面という気はしなかった。なにかきっかけがあれば、一気に思い出せる感じがした。

「わからないなら仕方ないな。もう少し自宅療養をつづけたほうがいい」

「でも、もう――」

食いさがろうとするが、江原は厳しい顔で首を横に振った。

「総務部では社員の個人情報も取り扱っている。記憶が曖昧な状態では、復帰させるわけにはいかないな」

確かに江原の言うとおりだ。逆の立場だったら、やはり同じことを言っていただろう。

「職務中の事故だ。労災扱いになっているし、会社としてもできる限りサポートをする。今はしっかり治すことだけを考えるんだ」

死刑宣告されたような気分だ。江原の言葉は筋が通っており、反論する余地はいっさいなかった。

「ところで、資料を預けているはずなんだが」

江原がわずかに身を乗り出した。さりげなさを装っているが、なにか切羽つまったものを感じたのは気のせいだろうか。

「資料……封書かなにかですか？」

「USBメモリーだ」

先ほどデスクをチェックしたが、それらしい物はなかった。

「見てないです」

「そうか、もし見つかったら、すぐに連絡してくれ。必ずわたしが受け取りに来る。他の者には渡すんじゃないぞ」

どういう意味だろう。これまで歯切れのよかった江原が、急に遠回しな物言いになっていた。

「社外秘の資料だからな。わたしが上司として責任を持って、回収しなければならないんだ」

なにか釈然としない。総務部の仕事を忘れているとはいえ、直感的に秘密めいたものを感じた。

「誰か別の人が来るかもしれないんですか？」

当然の疑問だった。わざわざ他の者には渡すなと言われたら、気になるに決まっていた。

「万が一、流出したら大変なことになる。念には念を入れろということだ。秘書に取りに行かせることもない。直接、わたしに渡すんだ」

「はい……」

今ひとつ納得できないが、返事をするしかなかった。だが、秘書と聞いて、あの女のことを思い浮かべていた。

（もしかしたら、部長の秘書だったのか？）

いや、それなら普通に挨拶するはずだ。

――わたしのこと、わかる？

彼女はそう訊《き》いただけで、最後まで名乗ることはなかった。それとも、信彦が意識を失わなければ、きちんと挨拶するつもりだったのだろうか。

「とにかく、ゆっくり静養するんだぞ。なにか思い出したら、すぐにわたしのケータイを鳴らすんだ」

よほど忙しいのか、江原はそう言うと早々に腰をあげた。

「わざわざお越しいただいて、ありがとうございました」

上司を見送り、食卓の椅子にくずおれるように座りこんだ。ひとりになった途端、どっと疲れが押し寄せた。

なぜだろう、ふと亡き妻の顔が脳裏に浮かんだ。

急いで帰っていく江原の後ろ姿に、かつて営業部で働いていたころの自分を重ねたのかもしれない。仕事に全力を注ぐのが男の務めだと思いこんでいた。典型的な仕事人間で、家庭をいっさい顧《かえり》みなかった。

（もう少し妻のことを気にしていたら……）

自分は最低の夫だった。

妻は癌《がん》で亡くなっている。病院に行ったときは、すでにステージ4だった。妻の異変に気づいていれば、早期発見で助かったかもしれない。夫婦の会話があれば、具合が悪いと打ち明けてくれたかもしれない。

今さら悔やんだところで後の祭りだ。

でも、この気持ちを忘れるわけにはいかない。一生、背負って生きていかなければならない十字架だった。

2

気づくと部屋のなかが薄暗くなっていた。

江原が帰ったあと、なにもする気力がなくなった。畳に横たわり、うとうとしているうちに日が暮れかけていた。

(腹……減ったな)

腕時計の針は五時を指すところだった。

家に籠もっていると気分が滅入《めい》ってしまう。のっそり起きあがり、財布をチノパンの後ろポケットにねじこんだ。

玄関を出て外階段をおりると、福柴商店街を歩いていく。アーケードの端からオレンジ色の夕日が差しこんでいる。意味もなく物悲しい気分になる時間帯だが、商店街は活気があった。

夕飯の買い物をしている主婦が目についた。八百屋《やおや》や酒屋、鮮魚店や精肉店などは稼ぎ時だ。それに学校帰りの学生が、駄菓子屋やゲームセンターにたむろしていた。

周囲が賑《にぎ》やかだと、余計にひとり身だということを意識してしまう。

普通なら、まだこの時間は会社にいるはずだ。しかし、休職中の身なので思いがけず賑やかな光景に出くわした。なにやら、社会からも爪弾《つまはじ》きにされた気分だった。

商店街の隅で女子高生が五、六人集まってしゃがみこんでいた。なにをしているのかと思えば、野良犬にパンを与えているところだった。数年前から福柴商店街に住み着いている雑種の犬で、誰が名付けたのか「フクちゃん」と呼ばれて可《か》愛《わい》がられていた。

——明日もパン持ってきてあげるね。

——バイバイ、フクちゃん。

フクちゃんは女子高生たちに頭をくしゃくしゃ撫《な》でられて、甘えた声でクンクン鳴いている。つぶらな瞳で佇《たたず》む姿は喜んでいるようにも、別れを淋しがっているようにも映った。

（俺も野良犬みたいなもんだな……）

会社には行けないし、家に帰っても待っている人はいない。野良犬のフクちゃんに自分の姿が重なった。

信彦は喧騒《けんそう》を避けるように、商店街のなかを足早に歩いた。そして、行きつけのラーメン屋『辰龍』の薄汚れた赤い暖簾《のれん》を潜った。

「っらしゃい！」

権藤の威勢のいい声が響き渡る。それと同時に、鶏ガラスープのいい香りが鼻腔《びこう》に流れこんできた。

カウンター席が六つと、四人掛けのテーブル席が二つあるが、まだ客は入っていなかった。角の高い位置にテレビが設置されており、カラーボックスには何年も前の漫画雑誌が無造作に突っこんである。

お世辞にも綺麗《きれい》とは言えない店内だが、なぜかまったく不快ではない。雑然としているのに落ち着くから不思議なものだった。

「なんだよ、ノブか。黙って入ってくるんじゃねえよ」

カウンターのなかに立っている権藤は、藍色の作務衣《さむえ》にねじり鉢巻きを締めている。口は悪いが怒っているわけではない。これがいつもの挨拶だった。

「幽霊かと思っただろうが。危うく塩を撒《ま》くところだったぜ」

「どうも……」

信彦はぼそりとつぶやき、カウンターの一番奥の席に腰をおろした。

知り合いの顔を見たことで、少しだけ気分が軽くなる。カウンターの朱色の天板に両肘をつき、小さく息を吐き出した。

「ったく、しけた面しやがって」

権藤は吐き捨てるように言うと、麺を鍋に放りこんだ。

「俺のラーメンを食って元気になりな」

菜箸で麺をさっとほぐし、縁に龍が描かれた丼に醤油《しょうゆ》ダレを注ぎ入れる。さらにフライパンを火にかけると、餃子《ギョーザ》を焼く準備を整えていく。

まだ注文していないのに、権藤は手際よく調理をはじめていた。もちろん、なにも問題はない。辰龍には物心ついたころから通っている。通いはじめたころ、権藤はまだ十代の見習いだった。今となっては、信彦の顔を見るだけで食べたいものがわかるのだ。

「こんにちは」

明るい声が聞こえた。

ポニーテイルを弾ませながら、軽やかな足取りで入ってきたのは果穂だ。この日は黒のポロシャツとミニスカート、それに膝の上まである黒いハイソックスを穿《は》いている。基本的に鮮やかな色合いの服が多いので、黒ずくめの格好が意外だった。

「なんだ、葬式の帰りか？」

すぐさま権藤が突っこむと、果穂は腰に手を当てて頬を膨らませた。

「ミニスカートでお葬式に行くわけないでしょ」

「そりゃそうだ。ガキのパンツ見せられても、仏さんは喜ばねえや」

「誰がガキよ！」

「ガキにガキって言ってなにが悪いんだ。このクソガキが」

いきなり悪態をつき合うが、別に喧嘩《けんか》をしているわけではない。これがいつもの光景だった。

「へい、お待ち」

信彦の前に、醤油ラーメンと手作り焼き餃子が出てきた。透明感のある醤油スープと、軽く焦げ目のついた餃子が食欲をそそった。

「あっ、美味《おい》しそう」

果穂が信彦の隣に腰かけた。

ミニスカートがずりあがり、太股《ふともも》の付け根近くまで露出する。ハイソックスが膝上まであるので、露出している太股の面積は意外と狭い。だが、それがかえって艶《なま》めかしく感じた。

信彦はさっそくラーメンを啜《すす》った。いつものうまさが胃袋にひろがり、思わず頬がほころんだ。

「おめえはなに食うんだ」

権藤が声をかけると、果穂は不服そうな目を向けた。

「わたしがなにを食べたいか、わからないの？」

「わかるわけねえだろ、早く注文しろよ」

「ほとんど毎日来てるのに。ねえ、ノブちゃん、ひどいと思わない？」

いきなり話を振られて、信彦はちょうど口に入れた餃子を慌てて呑《の》みこんだ。

「ああ、ひどいな」

ここは話を合わせておくべきだろう。

実際のところ、権藤ほどの料理人なら果穂の好みを把握しているはずだ。常連客なら注文しなくても、食べたいものを出せるのだ。だが、果穂とはあえて言葉を交わしている節があった。

果穂の両親はクリーニング店を経営しているため忙しい。家族揃《そろ》って食事をする時間もなく、果穂は幼少期からひとりで辰龍に通っていた。そんな彼女を不憫《ふびん》に思って、権藤なりに相手をしているのだろう。

「俺は、黙ってても醤油ラーメンと餃子が出てきたぞ」

「でしょ！　ノブちゃんのはわかって、わたしのはわからないわけ？」

果穂が詰め寄ると、権藤は麺を鍋に投入した。

「つるせえな。じゃあ、味噌ラーメンでいいか？」

「わかってるなら、さっさと作ってよね」

どうやら図星だったらしい。果穂は満足げな顔になり、ようやく肩から力を抜いた。

「で、ノブちゃん、調子はどう？」

一転して穏やかな表情になっている。心配してくれているのはわかるが、特別いい報告はできなかった。

「まだ退院したばっかりだからな……ぼちぼちってところだ」

体はどんどん回復している実感がある。だが、記憶のほうは今のところ進展が見られない。失われた記憶が戻る保証はなかった。

「あんまり焦ってもね……誰かに迷惑をかけるわけじゃないし、どうせ俺はフクちゃんみたいなもんだよ」

「なにそれ？」

「ひとりぼっち、ってことさ」

野良犬のフクちゃんのことを思い出していた。どこから流れてきたのか、当時は毛がボサボサでみすぼらしかった。

「でも、フクちゃんはみんなに可愛がられてるよ」

果穂は微笑を浮かべていた。黒目がちの瞳をキラキラさせながら、信彦の顔を覗《のぞ》きこんでくる。

「ノブちゃんも同じじゃん」

「俺……が？」

思わず箸を持つ手がとまっていた。

「うん、そうだよ」

果穂は決して視線を逸《そ》らそうとしない。愚直なまでにまっすぐだ。そんな彼女が純粋すぎて眩《まぶ》しかった。

「おまえ、たまにはいいこと言うじゃねえか。ほら、味噌だ」

権藤がにやりと笑いながら、味噌ラーメンの丼を果穂の前に置いた。

「まあね。たまにはっていうのは余計だけど」

珍しく二人の意見が一致する。ごく稀《まれ》に見る光景だ。互いに目配《めくば》せして、なにやら頷《うなず》き合っていた。

「ノブ、おまえはひとりじゃねえ。腐るなよ」

権藤の言葉が心に染みる。

確かにそうだ。ひとり身になったときも、事故に遭ったときも、商店街の人たちが力を貸してくれた。だからこそ、今日までなんとかやってくることができたのだ。

「これ食べたら、ノブちゃんのお部屋の掃除してあげる」

果穂が味噌ラーメンを啜りながらつぶやいた。

「そんなことしなくていいよ」

「なに遠慮してんだ。せっかくだからやってもらえよ。ひとりで悶々《もんもん》としてるのはよくねえぞ」

横から権藤が口を挟んでくる。心配してくれているのがわかるから、強く拒むことができなかった。

「どうせ暇だもん。ノブちゃんだって暇なんでしょ？」

決めつけた言い方が引っかかるが、確かに時間ならいくらでもある。仕事をしていないので、暇を持てあましていた。

「まあな……」

「じゃあ、決まりね」

果穂は楽しげに言うが、どこか様子がいつもと違う。ほんの少しだけ頬の筋肉がこわばって見えたのは気のせいだろうか。

3

「そんなに丁寧にやらなくてもいいよ」

信彦が声をかけても、果穂は「うん」と生返事をするだけで、作業の手を休めようとしなかった。

食事を終えて辰龍を出ると、果穂は本当に家までついてきた。

入院前はこんなことは一度もなかった。記憶を失っているので、百パーセントとは言い切れないが、覚えている範囲ではなかったはずだ。

いっしょに帰ってくると、果穂はさっそく部屋の掃除に取りかかった。

まずは硬く絞った雑巾でキッチンの床と畳を拭《ふ》いてくれた。ミニスカートで四つん這《ば》いになったので、今にもパンティが見えそうだった。指摘しようか迷ったが、意識していると思われそうなので黙っていた。

そして、今はキッチンの掃除をしている。さほど汚れていなかったが、果穂は隅々まで丁寧に磨いていた。

やはり黒いミニスカートに包まれたヒップが気になった。ステンレスの天板を磨くとき、双臀《そうでん》がプリプリと左右に揺れる。しかも、スカートの裾が舞いあがるため、どうしても視線が引き寄せられてしまう。

（くっ……もうちょっとなのに）

見えそうで見えないのがもどかしい。信彦は食卓の周辺をかたづけながら、果穂の後ろ姿を盗み見ていた。

ハイソックスとミニスカートの組み合わせが扇情的で、いけないと思っても視線を逸らすことができない。厚意で掃除をしてくれているのに、ふたまわりも年下の女子大生に淫らな気持ちを抱いていた。

（な、なにを考えてるんだ）

心のなかでつぶやくが、邪《よこしま》な感情は膨らむ一方だった。

果穂のことは生まれたときから知っている。二十二年前、商店街のみんなで誕生を祝ったのを覚えていた。まるで親戚の子供のような感覚だ。そんな彼女を性的な目で見ていることが信じられなかった。

（しっかりしろ……果穂ちゃんだぞ）

自分に言い聞かせるがどうにもならない。ヒラヒラ揺れるミニスカートの裾が気になって仕方なかった。

両親が経営するクリーニング店も、もちろん昔から利用していた。ワイシャツなら朝のうちに出しておけば夕方には仕上がっている。ひとり者には、じつにありがたい店だった。

「なんか、悪いね」

黙っているのが心苦しくなり、果穂の背中に声をかけた。

「全然だよ。簡単な掃除だけだもん」

彼女はそう言うが、すでにキッチンはピカピカになっている。妻が亡くなってから、これほど輝くことはなかった。

「はい、お終《しま》い」

果穂はそう言って振り返り、信彦に微笑《ほほえ》みかけてきた。

「ありがとう、お茶でも淹れるよ」

「いいのいいの、わたしがやるから」

両親が働いているので、必然的になんでもできるようになったのだろう。意外に家庭的なことに驚かされた。果穂はやかんを火にかけると、手際よくお茶の準備に取りかかった。

「ノブちゃんは座っててね」

「なにからなにまで……ほんとに助かるよ」

信彦は感心しながら椅子に腰かけた。

こうして誰かが近くにいてくれることが嬉《うれ》しい。しかも、パンティが見えそうなミニスカートから太股を露出させている。ひとり暮らしの信彦にとって、夢のような状況だった。

急須に湯を注《つ》ぐと、果穂も食卓の椅子に座った。

なにげなく正面に座った彼女を見やる。そのとき、ポロシャツのボタンがすべて外れていることに気がついた。

（こ、これは……）

白いブラジャーのレースがチラリと覗いている。瞬間的に視線が吸い寄せられて、思わず喉をゴクリと鳴らしていた。

果穂は視線に気づいた様子もなく、湯飲みにお茶を注いでいる。普段からやっているのがわかる手慣れた仕草だ。いつもの元気な姿とギャップがあり、妙にどぎまぎしてしまう。

「はい、どうぞ」

湯飲みが目の前に差し出される。立ちのぼる湯気の向こうで、果穂の柔らかい笑みが揺れていた。

「お、おう……」

動揺を誤魔化そうと、湯飲みに手を伸ばして口に運んだ。

「熱ッ！」

思わず大きな声をあげてしまう。すると、すかさず果穂が立ちあがり、コップに水を注いでくれた。

「これ飲んで」

遥《はる》かに年下なのに、いろいろ世話を焼いてくれる。なんだか恥ずかしくなり、信彦は水を飲みながら赤面していた。

「火傷《やけど》しちゃうよ。気をつけてね」

「ははは、まいったな」

完全に果穂のペースになっている。信彦は動揺を隠せず、ひきつった笑みを浮かべるしかなかった。

果穂が黙り、信彦もいつまでも笑っているわけにはいかず口を閉じた。

懸命に話題を探すが、なにも思い浮かばない。辰龍やあやで何度も顔を合わせているが、いつもどんな話をしていただろう。考えれば考えるほど、頭のなかが真っ白になっていった。

「約束、覚えてる?」

長い沈黙を破って果穂が口を開いた。

なにやら深刻な表情になっている。それほど大切な約束をしたのだろうか。しかし、まったく覚えていなかった。

「すまない……まだ記憶が戻ってなくてね」

無理をしても意味がない。信彦は素直に謝罪の言葉を口にした。

「そうだよね……わたしのほうこそごめんね」

果穂も謝ってくれるが、残念そうにうつむいてしまう。やはり、彼女にとって重要なことなのだろう。

「プライベートのことはほとんど覚えてるんだが、例外もあるみたいだ」

「うん……」

今日の果穂はいつになくしおらしい。信彦が約束を果たせなくても、責めることなくうつむいている。このまま約束をうやむやにするのは、申しわけない気がした。

「どんな約束だったか聞かせてくれないか」

「えっ……でも……」

果穂は困惑した様子で黙りこんだ。

「聞けば思い出すかもしれない。なにが刺激になって、記憶が回復するかわからないんだ」

そう言ってうながすと、果穂は逡巡《しゅんじゅん》した末、言いにくそうに切り出した。

「わたしのヴァージン……もらってくれる約束だったんだよ」

一瞬、自分の耳を疑った。

今、果穂は「ヴァージン」と言わなかったか。いや、清純な彼女の口からそんな言葉が出るはずがない。しかも、「もらってくれる約束」を信彦とするなどあり得なかった。

「冗談はそれくらいにして――」

「やっぱり、覚えてないんだ」

果穂の悲しげな声が、信彦の言葉を掻《か》き消した。

「ひどいよ……恥ずかしいこと言わせておいて」

瞳に見るみる涙が溜まっていく。果穂は愛らしい顔を真っ赤に染めて、下唇をキュッと噛《か》みしめた。

(本当に、そんな約束を?)

まさか果穂と交際していたのだろうか。いや、もしそうだとしたら、もっと早い段階で教えてくれたはずだ。だが、彼女が打ち明ける様子もなければ、部屋に交際を感じさせる痕跡もなかった。

(じゃあ、どうして俺と?)

尋ねたいが、今度こそ果穂は怒り出すだろう。それに、これ以上、悲しませたくなかった。

「わたしが相談したんだよ」

こちらの疑問が伝わったのか、果穂がぽつりぽつりと語りはじめた。

果穂は二十二歳の大学四年生だ。普段は明るく振る舞っているが、いざ好きな人の前になると話ができなくなってしまう。じつは人見知りで奥手な性格で、男の人と付き合った経験がなかった。

二十二歳にもなって処女だと重すぎて、余計に彼氏ができない。早く捨てなければと焦っていたという。

「ヴァージンのまま大学を卒業するなんて絶対にいやだって言ったら、ノブちゃんが俺にまかせろって」

果穂がまっすぐ見つめてくる。その瞳は「忘れちゃったの？」と訴えているようだった。

——俺が本当にそんなことを言ったのか？

喉もとまで出かかった言葉を呑みこんだ。どういうつもりで俺にまかせろと言ったのか、まったく覚えていなかった。

「あの約束って、まだ有効だよね」

果穂はふらりと立ちあがり、奥の和室に入っていく。そして、押し入れを開けると、黙って布団を敷きはじめた。

4

「ちょっ……果穂ちゃん？」

信彦は慌てて和室に向かった。

彼女は今から約束を遂行させるつもりかもしれない。いくらなんでも、それはできなかった。

「ノブちゃんは、必ず約束を守ってくれたよね」

果穂の瞳が切実に訴えていた。

言いたいことはすぐにわかった。あれは果穂が中学生のころだ。辰龍で淋しげに食事をしている姿を目撃した。あまりにも可哀相《かわいそう》だったので、両親の許可をもらって遊園地やデパートに連れていった。果穂はよほど嬉しかったらしい。その後も何度か約束をして、忙しい両親に代わって遊びに連れ出した。

「でも、あれとは状況が……」

信彦の言葉は耳に入っていないらしい。果穂はいきなりポロシャツの裾に手をかけた。

「さっき、わたしのこと見てたよね。掃除をしてるとき」

どうやら視線に気づいていたらしい。そのうえで、わざとヒップを突き出すポーズをしていたのではないか。信彦が黙りこむと、果穂は嬉しげに「ふふっ」と笑った。

「黒にして正解だったかな。ちょっとは大人っぽく見えるでしょ」

最初から誘うつもりだったのだろう。果穂は顔を赤くしながら、ポロシャツを頭から抜き取った。

「なっ……」

純白のブラジャーが露《あら》わになり、信彦はその場から動けなくなってしまう。見てはいけないと思いつつ、視線は乳房の谷間に向いていた。

縁の部分がレースで飾られて、谷間にピンクの小さなリボンがついた愛らしいデザインだ。大人の階段を登ろうとしている彼女にぴったりだった。

「本当はブラも黒にすればよかったんだけど……」

果穂はもじもじしながらつぶやき、ミニスカートのファスナーを震える指でさげていく。そして、何度も躊躇《ちゅうちょ》しながらスカートをおろすと、片足ずつ持ちあげて脱ぎ去った。

「ああ……」

彼女の唇から羞恥の声が溢《あふ》れ出した。

股間に張りついているのは、ブラジャーとお揃いの純白パンティだ。やはり縁にレースが施されており、前に小さなリボンがついていた。

（あの果穂ちゃんが……こんなに……）

生まれた直後から知っているので、成長した姿をあらためて目の当たりにすると不思議な気分だった。

肌は透きとおるように白くて滑らかだ。ブラジャーのカップで寄せられた乳房は深い谷間を作っている。腰のくびれは小さいが、それでも滑らかな曲線を描いていた。

尻は小ぶりでプリッと若々しい張りを保っている。股間がふっくらと盛りあがり、真ん中に走る溝が浮き出ていた。

「そんなに見ちゃダメ」

果穂は自分の身体《からだ》を抱きしめると、煎餅布団の上にペタンと座りこんだ。

下着姿になっただけなのに、視線に耐えられなくなったらしい。瞳に涙をいっぱい湛《たた》えて、全身を小刻みに震わせていた。

「やっぱり、恥ずかしいよ」

自分で脱いでおきながら、羞恥に襲われてうつむいている。そんな果穂が愛《いと》おしくて仕方なかった。

「無理しなくていいんだよ」

信彦は彼女の隣に座ると、震えている肩に手をまわした。

「ンっ……」

そっと触れただけで、女体がビクッと反応する。これまで男に触れられたことはなかったのだろう。果穂はついに涙を流しながら、それでも信彦の目をまっすぐ見つめてきた。

「は、初めては……ノブちゃんって決めてたから」

決意の籠もった瞳だった。

ヴァージンの彼女がここまでしているのだ。応えないわけにはいかない。青い果実を前にして、信彦のなかの牡《おす》も反応している。瑞々《みずみず》しい女体から漂ってくる甘酸っぱい香りが、鼻腔から全身へとひろがっていた。

（果穂ちゃんと……まさか……）

急速に膨れあがる欲望が迷いを凌駕《りょうが》していく。肩にまわした手を背中に滑らせると、ブラジャーのホックに指をかけた。

ここはかつて愛する妻と暮らした部屋だった。

それを考えると少し胸が痛んだが、もう十年も前の話だ。それに妻も可愛がっていた果穂を助けるためだ。

(すまん……許してくれ)

心のなかで亡き妻に詫《わ》びると、信彦は果穂と向き合った。

「いいんだね」

瞳を見つめて念を押せば、彼女はこっくり頷いた。

ホックを外してブラジャーを取り去ると、ちょうど片手で収まるサイズの乳房が露わになる。果穂はすぐに腕で抱いて隠してしまうが、信彦は手首を摑《つか》んで引き剝がした。

「隠したらダメだよ」

「だって、恥ずかしいよ」

耳まで真っ赤に染まっている。そんな初々しい反応が、牡の欲望をますます煽《あお》り立てた。

「果穂ちゃんのすべてを見たいんだ」

信彦が囁《ささや》けば、果穂は素直に両手をおろして乳房を見せてくれる。白くて小ぶりの膨らみに、薄桃色の乳首がちょこんと乗っていた。乳輪も小さめで、ふるふる震えているのが健気《けなげ》だった。

「横になろうか」

緊張しているのは信彦も同じだ。しかし、ここは自分がリードしなければならない場面だった。

肩をそっと抱いて、布団の上に横たわらせる。果穂は全身を凍りついたように硬直させており、両目を強く閉じていた。

（い、いいのか……本当にいいのか？）

彼女の決意に応えたいし、もちろん可愛いとも思っている。だが、迷いがあるのも事実だった。

「ノ……ノブちゃん」

果穂が掠《かす》れた声で呼びかけてくる。信彦の逡巡を感じたのだろうか。視線が重なると、彼女はこっくり頷いた。

（よ、よし……果穂ちゃんがその気なら）

ここまで来て迷うのは、かえって失礼になる。果穂が本気なら、こちらも本気で挑むと心に決めた。

パンティのウエストに指をかけると、じりじり引きさげにかかる。恥丘が徐々に見えてきて、ついに全容が露わになった。

恥丘はふっくらと肉厚で、極細の陰毛が申しわけ程度に生えている。白い地肌が透けており、縦に走る溝もはっきり確認できた。黒い膝上のハイソックスだけを身に着けて横たわる姿は、全裸よりも扇情的に映った。

(もう、すっかり大人に……)

かつてない昂《たかぶ》りを覚えて、信彦は彼女の下半身に移動して膝を押し開いた。結果として足が宙に浮き、蛙《かえる》を裏返したような格好になった。

「いやあっ!」

それまで黙っていた果穂が声をあげる。羞恥に染まった顔を両手で覆い、いやいやと左右に振った。

だが、信彦の視線は彼女の股間に釘付《くぎづ》けだ。白くてスベスベした内腿《うちもも》の付け根に、ヴァージンの割れ目が息づいている。二枚の陰唇は神々しいまでのミルキーピンクで、男の視線を浴びて微かに震えていた。

「こ、これが……」

信彦は正座の姿勢から、吸い寄せられるように前屈《まえかが》みになった。そして、穢《けが》れのない陰唇に、そっと唇を押し当てた。

「はううッ！」

初めて他人に触れられる刺激に、果穂の女体が仰《の》け反《ぞ》った。

宙に浮いた両足のつま先がピーンッと伸びて、内腿の筋肉に力が入ってプルプル震えた。

「そ、そんなところ……ひああッ」

抗議の声には耳を貸さず、初心《うぶ》な割れ目を舌先で舐《な》めあげる。途端に果穂の唇から、悲鳴にも似た喘《あえ》ぎ声が溢れ出した。

経験したことのない刺激に戸惑っているはずだ。それでも、二度三度と繰り返し舌を這わせると、陰唇が徐々にほぐれてくるのがわかった。恥裂の狭間《はざま》から透明な汁がじんわり滲《にじ》んで、チーズのような香りが微かに漂ってきた。

「や……は、恥ずかしい」

わずかに震える花びらから、ヴァージンの怯《おび》えが伝わってくる。それでも女体は確かに反応していた。

「大丈夫、俺にまかせてくれ」

この調子で愛撫《あいぶ》を施せば、青い果実も蕩《とろ》けてくるだろう。そこを貫けば、破瓜《はか》の痛みも少なくてすむはずだ。

「ンっ……はンっ」

果穂は両手で口を押さえて、ときおり女体をヒクつかせている。恥ずかしがっているだけなのか、それとも多少は感じているのか、今の段階では判断がつかない。おそらく果穂もわかっていないのではないか。だから、なおのこと信彦は慎重に舌を這わせていった。

二枚の陰唇を交互にゆっくり舐めあげる。刺激が強すぎないように、舌先が触れるか触れないかの微妙な愛撫だ。それでも女体の反応は顕著で、平らな腹部がヒクヒクと波打った。

「はンっ……ンふぅっ」

果穂の唇から漏れる微かな声を聞きながら、今度は肉唇の合わせ目に舌を伸ばす。華蜜を塗り伸ばすように、淫裂を下から上へと舐めあげた。

(よし、そろそろ……)

割れ目のなかに浅く舌先を埋めこみ、さらにゆっくり動かしていく。じんわり上端に向かって滑らせると、まだ柔らかい肉芽に到達した。

「ああっ……」

その瞬間、果穂の反応が大きくなった。

自分の声に驚いたように、首を持ちあげて股間を見おろしてくる。信彦と視線が重なると、慌てた様子で訴えてきた。

「そ、そこは――はあンっ」

小さなポッチを舐めてやれば、彼女の声は喘ぎ声に変化する。どうやら、ヴァージンでもクリトリスが感じるらしい。淫核に愛蜜と唾液を塗りつけて、舌先でやさしく転がした。

「ンあっ、そ、そこ……はンンっ」

「ここは嫌いかい？」

「わ、わからない……ンああっ」

果穂の反応は確実に大きくなっている。わからないと口走っているが、感じているのは明らかだ。その証拠に愛蜜の量はどんどん増えていた。

柔らかかった肉芽がぷっくり膨らんでいる。充血して硬くなり、まるで真珠のように艶々と光り輝いていた。ヴァージンの真珠を舌先で転がすたび、ハイソックスを穿いた足が跳ねあがった。

「あうっ……い、いや、もう……」

もうダメと言いたいのか、果穂が首を左右に振りたくる。だが、すでに股間は華蜜にまみれており、信彦の口はぐっしょり濡《ぬ》れていた。

それでも愛撫を継続して、勃起したクリトリスを舐めあげる。さらには陰唇に口を密着させると、愛蜜をジュルジュルと吸引した。

「つ、強すぎ……ひううッ」

果穂の声が裏返り、白い内腿に筋が浮くほど力が入った。

(濡れてる……あの果穂ちゃんがこんなに……)

信彦は陶然となりながら、口内に流れこんでくる新鮮な果汁を次々と飲みくだした。子供だった果穂が成長して、女の匂いを発散するようになっている。異様な興奮が湧きあがり、いつしかペニスが鉄棒のように反り返った。

「おううッ」

欲望に突き動かされるまま股間にむしゃぶりつき、充血した肉芽を舌先で小突きまわす。女体が火照って汗ばみ、内腿が小刻みに震えはじめた。

「あッ……あッ……」

果穂の唇から切れぎれの声が漏れている。クリトリスがますます敏感になっているらしく、刺激を与えるたびに面白いほど反応した。

（ようし、このまま……）

一気に追いこもうと愛撫をクリトリスに集中させる。ぷっくり膨らんだ肉豆を唇で挟みこみ、先端を舌先でくすぐりまくった。

「ひあッ、ダ、ダメっ、もうダメっ」

果穂の声が切羽つまったものに変化する。腰がビクビク震え出し、信彦は慌てて太股を肩に担いで抱えこんだ。

彼女がどんなに暴れようと愛撫の手は緩めない。肉芽をこれでもかと吸いたてて、同時に舌を這いまわらせる。未知の刺激を受けた果穂は、為《な》す術《すべ》もなく喘ぎ声を振りまいた。

「ああッ、も、もうっ、あああッ」

両手を信彦の頭に当てて、必死に押し返そうとする。だが、太股をしっかり抱えこんでいるので、引き剝がすことはできない。信彦は執拗《しつよう》に女陰を舐めしゃぶり、クリトリスを吸いつづけた。

「ああッ、お、おかしくなる、はあああッ、おかしくなっちゃうっ」

果穂の喘ぎ声が甲高くなる。太股で信彦の顔を挟みこみ、背筋をググッと反り返らせた。

「あッ、あッ、なんかヘンなの、あああッ、あぁあああああッ!」

ヴァージンのよがり声が響き渡った。

どうやら、絶頂に達したらしい。無垢《むく》な股間をしゃぶられて、ついに他人の手で女の悦《よろこ》びを味わったのだ。

女体は仰け反った状態で固まり、ブルブルと痙攣《けいれん》している。両手はいつしか信彦の後頭部にまわされて、しっかり抱えこんでいた。経験したことのない刺激に戸惑いながらも、大人の快楽に酔いしれているようだった。

(やった……やったぞ)

信彦は達成感に浸りながら、滾々《こんこん》と溢れる愛蜜を啜りあげた。若いエキスを飲みくだすたび、股間に力が漲《みなぎ》っていくのがわかった。

5

(そろそろ……だな)

股間から顔をあげると、口のまわりに付着した愛液を手の甲で拭った。

いい頃合いだ。これだけ濡れていれば、破瓜の痛みを最小限に留《とど》めることができるだろう。それに信彦の欲望も最大限に膨れあがっていた。

果穂はしどけなく横たわっている。布団に四肢を投げ出して、ハアハアと荒い息を撒き散らしていた。

黒いハイソックスだけを穿いた姿が妙に艶めかしい。まだ男を知らない女体は、アクメの余韻でうっすら汗ばんでいる。小ぶりな乳房の頂点では、薄桃色の乳首がピンと尖《とが》り勃《た》っていた。

股間に茂るわずかな秘毛は汗で湿り、地肌にぴったり張りついている。なにより、恍惚《こうこつ》とした表情が、牡の征服欲を刺激した。

(俺が、果穂ちゃんを……)

自分の手で絶頂に導いたと思うと、異様な興奮が湧きあがる。だが、これで終わったわけではない。ここからが本番だった。

信彦は鼻息を荒らげながらシャツを脱ぎ捨てると、チノパンとボクサーブリーフを一気におろした。途端に硬直したペニスが、ビイインッと勢いよく跳ねあがった。

「ひっ……」

気配に気づいて目を開けた果穂が、声にならない声をあげた。

これまで男根を見る機会はなかったのだろう。怯えが滲む瞳を、信彦の股間に向けている。悲鳴をこらえているのか、口もとを手で押さえていた。

そんな初心な反応が、信彦のなかの獣欲に火をつける。ますます征服欲が燃えあがり、今すぐ貫きたい衝動がこみあげた。

（ダ、ダメだ、慌てるな）

心のなかでつぶやき、自分を戒める。今は欲望を満たすことより、約束を最優先しなければならなかった。

（果穂ちゃんは俺を信用して、相談したんだ）

それなら応えるのが大人の男というものだ。彼女のヴァージンを無事に卒業させるのが、信彦の使命だった。

「噛みついたりしないよ。ほら、よく見ると面白い形してるだろ」

できるだけやさしく語りかける。そして、彼女の脚の間に入りこみ、膝立ちの姿勢を取った。

「で、でも……怖い」

そう言いつつ、ペニスから目を離そうとしない。雄々しくそそり勃つ肉柱が気になるのか、尿道口をじっと見つめていた。我慢汁が溢れており、亀頭全体がしっとり濡れていた。

「男の人も……」

「そうだよ、男も濡れるんだ。果穂ちゃんが可愛いからだよ」

穏やかな声を心がける。不安を取り除いてあげたい一心だった。すると果穂は頬をこわばらせながらも微笑んでくれた。

「ノブちゃんに頼んでよかった」

ふたまわりも年下の女子大生に見つめられて、胸の奥がキュンッとなってしまう。なんとしても、無事にヴァージンを卒業させてあげたい。記念すべき初体験を悪い思い出にしたくなかった。

「ちょっと触れるよ」

亀頭を淫裂にそっと押し当てる。湿った女陰の感触があり、女体がヒクッと反応した。

「あっ……ま、待って」

「急に挿《い》れたりしないから大丈夫」

安心させるように言うと、慎重に腰を動かしてみる。愛蜜と我慢汁が混ざって潤滑油となり、陰唇の表面をヌルリ、ヌルリと亀頭が滑った。

「ンっ……ンっ……」

果穂は睫毛《まつげ》を伏せて、微かな声を漏らしている。多少は感じているのか、分泌される愛蜜の量が増えていた。

こうして軽く擦《こす》りつけているだけで射精欲が膨れあがる。ペニスはさらに大きくなり、我慢汁がとまらなくなってきた。

「じゃあ、ゆっくり挿れるよ」

もう挿入したくてたまらない。声をかけると、果穂は硬い表情で頷いた。亀頭で割れ目を擦り、すぐに膣口《ちつこう》を探り当てる。軽く押すだけで、先端がほんの数ミリめりこんだ。

「はンンっ」

果穂の唇から怯えた声が溢れ出す。反射的に両手を伸ばして、信彦の腰を押し返した。

「たっぷり濡らしてあるから……ほら、力を抜いてごらん」

一気に叩《たた》きこみたいのをこらえて、じわじわ腰を前進させる。果穂は手を離すと、身体の両脇でシーツをギュッと握り締めた。

「お、お願い……ゆっくり……」

「少しずつ挿れるよ……少しずつ」

自分に言い聞かせながら、さらに男根を押し進める。すると亀頭の先端が行きどまりに到達した。

（これが処女膜か……）

額にじんわり汗が滲んだ。

呼吸を整えると、より慎重にペニスを挿入していく。弾力があり、押し返してくるような感触があった。

「ひッ……いっ、いっ……」

懸命に言葉を呑みこむが、彼女の顔は苦痛に歪《ゆが》んでいる。それでも、ここでやめるわけにはいかない。意外と硬くて焦るが、体重をかけるようにして、肉柱で処女膜を圧迫した。

「いひゃああッ！」

果穂が裏返った悲鳴をあげるのと同時に、亀頭がズブリッと沈みこむ。急に抵抗がなくなり、男根が一気に深い場所まで嵌《はま》っていた。

（よしっ、うまくいったぞ）

ついに処女膜を破ることに成功して、ほっと胸を撫でおろす。信彦は平静を装いながらも、小さく息を吐き出した。

「入ったよ……これで果穂ちゃんも大人の仲間入りだ」

声をかけるが、果穂は答える余裕がないらしい。目を強く閉じて、下唇を嚙み締めていた。

「はううッ……ま、待って」

ほんの少し腰を動かすだけで、彼女の唇から呻《うめ》き声が溢れ出す。初めてペニスを受け入れたのだから無理もない。膣道が男根の太さに慣れるまで、じっとしていたほうがいいだろう。

しかし、ヴァージンの締めつけは強烈だ。ペニス全体が包みこまれて、まるで雑巾を絞るように刺激されていた。

「うむっ……」

膣内で我慢汁がとめどなく溢れている。挿入しただけだというのに、射精欲がどんどん膨張していた。

ピストンしたいのをこらえて、乳房に手のひらを重ねてみる。まだ硬さの残る膨らみだ。ゆったり揉《も》みあげると、瑞々しい弾力で指が押し返された。たった今、ヴァージンを卒業したばかりの新鮮な女体だった。

「あっ……」

薄桃色の乳首をそっと摘《つま》めば、小さな声とともに女体が小さく跳ねあがる。それと同時に膣が収縮して、さらにペニスが締めつけられた。

「くううッ、す、すごいっ」

これ以上は我慢できそうにない。だが、動けば果穂を苦しめてしまう。葛藤していると、果穂が腰にそっと手を添えてきた。

「い、いいよ……動いても」

愛らしい顔に泣き笑いのような表情を浮かべている。本当は痛いのに無理をしているのだろう。

「でも……」

「約束、守ってくれたから」

果穂の瞳には涙が浮かんでいる。大人の仲間入りをした喜びが伝わり、信彦の胸も熱くなった。

「男の人って、動かないとダメなんでしょ？」

「果穂ちゃん……」

「それに、わたしも最後までちゃんとしたいから……」

視線が重なると、果穂はこっくり頷いた。

そういうことなら、じっとしているわけにはいかない。最後までやり遂げることを彼女は望んでいた。

「じゃあ、いくよ」

ゆっくり腰を引くと、女壺に収まっていた男根が後退する。カリが膣壁を擦りあげて、華蜜を掻き出すのがわかった。

「はンンっ」

果穂が慌てた様子で下唇を嚙み締めた。悲鳴が漏れそうになったのをこらえたのかもしれない。なにしろ初めてのセックスだ。それでも静かに目を閉じて、いっさい抗《あらが》おうとしなかった。

信彦はスローペースのピストンを心がけて、男根を再び挿入していく。媚肉《びにく》で塞がれた膣道を、亀頭で切り拓《ひら》いていくイメージだ。ズブズブ押しこむと、必然的にカリが膣壁を擦りあげた。

「ひっ……あひっ」

やはり摩擦が強すぎるのだろう。果穂の唇から金属的な喘ぎ声が溢れ出る。目尻には涙が滲んでおり、全身がヒクヒク震えていた。

（こ、これだけ締まるなら……）

あっという間に終わるかもしれない。初めてペニスを受け入れた膣道は、かつて経験したことがないほど収縮している。しかも異物の侵入に驚いて、膣襞《ちつひだ》が激しく蠢《うごめ》いていた。

「き、きつい……くううッ」

亀頭や肉竿《にくざお》はもちろん、カリの裏側にまで濡れ襞が入りこんでくる。舐めるように動きながら締めあげられると、瞬く間に快感がひろがった。

「おおッ……おおおッ」

自然とピストンが速くなる。女壺の収縮と弛緩《しかん》に合わせて、グイグイと剛根を出し入れした。

「ひあッ……ひぃッ……あひぃッ」

果穂は裏返った嬌声《きょうせい》を振りまき、腰をときおり震わせる。破瓜の痛みだけではなく、微かな快感を見出《みいだ》しているらしい。愛蜜が大量に分泌されて、滑りがどんどんよくなっていた。

果穂には申しわけないが、腰を振るほどに快感の波が押し寄せる。頭にカーッと血が昇り、乳房を揉んでは乳首を摘んで転がした。

「お、おっぱいは……はああッ」

女になったことで、全身の感度がアップしているのかもしれない。とくに乳首は感じるらしく、軽く触れるだけでも腰が大きく跳ねあがった。

「うおッ、ま、また……くううッ」

凄《すさ》まじいまでの快感だ。さらに女壺の締まりがよくなっている。刺激を与えるほど、女体の反応は顕著になった。

「も、もう……おおッ、おおおッ」

射精欲が高まり、ピストンスピードが抑えられない。欲望に流されるまま男根を穿《うが》ちこみ、女壺のなかを掻きまわした。

「ああッ……あああッ」

果穂の喘ぎ声が迸《ほとばし》る。まだ硬さの残る乳房を揺らしながら、瑞々しい女体を仰け反らせていく。初めてのセックスで剛根を受けとめる健気な姿が、信彦のなかの獣欲を煽り立てた。

「果穂ちゃんっ、おおおッ」

蜜壺に埋めこんだペニスが、いよいよ小刻みに震えはじめる。奥歯を食い縛るが、ヴァージンの締めつけには耐えられない。押し寄せる快楽の大波に呑みこまれて、ついに最深部で欲望を爆発させた。

「おおおおッ、出すよっ、おおッ、ぬおおおおおおおッ！」

奔流となったザーメンが尿道を駆けくだり、凄まじい速度で噴きあがる。限界までこらえたことで、射精の勢いはより増していた。

「ひああッ、ノブちゃん、はあああああああッ！」

大量の精液を注ぎこまれて、果穂は下腹部を激しく波打たせる。窓ガラスが震えるほど絶叫しながら、牡の欲望汁を膣奥に浴びつづけた。

女体は感電したようにビクビク震えて、ペニスを食い締めたまま離さない。射精は驚くほど長くつづき、大量の精液を放出した。


二人は無言のまま横たわっていた。

汗ばんだ肌を寄せ合い、荒い息を撒き散らしている。信彦は仰向《あおむ》けになっており、果穂に腕枕をしていた。

(俺は……なにをやってるんだ？)

絶頂の余韻が薄れて、徐々に冷静さが戻ってくる。

ふたまわりも若い女子大生に覆いかぶさり、あさましく腰を振りたくった。彼女が望んでいるのをいいことに、瑞々しい女体を貪ったのだ。

しかも、果穂のことは生まれたときから知っている。クリーニング屋のひとり娘で、赤ちゃんのときは抱っこしたこともあった。そんな彼女と約束したとはいえ、初めてのセックスの相手をするなんて……。

（ちょっと待てよ）

ふと疑問が湧きあがった。

そもそも、どうしてそんな約束をしたのだろう。確か果穂は、ヴァージンのまま大学を卒業したくなかったと言っていた。それを相談されて「じゃあ、俺が相手をしてやる」などと言うだろうか。

なにか釈然としない。

信彦は腕枕をしている果穂をそっと見やった。すると、彼女もこちらの様子をうかがうように見あげていた。

視線が重なった瞬間、果穂の瞳に怯えの色が浮かんだ。そして、悪戯《いたずら》が見つかった子供のように肩をすくめた。

「ごめんね……」

消え入りそうな声だった。

果穂は視線を逸らすと、信彦の体に抱きついてくる。腋《わき》の下に顔を埋《うず》めるようにして、裸体をぴったり密着させた。

「ウソ……ついちゃった」

いったい、なにを言い出したのだろう。すぐには意味がわからず、妙な沈黙が数秒間つづいた。

「約束なんてなかったの」

「お、おい……」

もう確認するまでもなかった。

記憶喪失なのをいいことに騙《だま》されていたらしい。信彦が初体験の相手をするという約束は、最初からなかったのだ。だが、彼女がそんな嘘《うそ》をつく理由がわからなかった。

「どうして……」

信彦が問いかけると、果穂はゆっくり顔をあげた。

「怒らない？」

今さら怒ったところで仕方がない。それに、信彦自身、楽しんでいたところがあるのも事実だった。

「怒らないから言ってごらん」

腕枕をしたまま、やさしく肩を抱いて語りかける。すると、果穂は見るみる瞳を潤ませた。

「やっぱり、ノブちゃんでよかった」

涙をぽろぽろこぼしてしゃくりあげる。信彦は彼女が落ち着くまで、黙って待ちつづけた。

「自分を変えたかったの……」

忙しい両親に相手にされなかったせいか、果穂は内向的な性格だった。そんな自分が嫌いで、表面上は明るく振る舞ってきた。だが、本質的な部分は変えることができなかった。

「ヴァージンを捨てれば、なにかが変わるかなって……。でも、今のままじゃ彼氏もできないし……」

大学を卒業したら家の仕事を手伝うことになっていた。そうなったら、出会いがなくなり、ますます恋人を作れなくなる。だから今のうちに、なんとしてもロストヴァージンしておきたかったという。

彼女の気持ちはわからなくもない。信彦も若いころは人と話すのが苦手で、恋人を作れずにいた。二十二歳のとき、後輩に告白されて奇跡的に童貞を卒業できた。それから臆することなく人と話せるようになった。

「それで、どうして俺だったの？」

責めるような口調にならないように気をつけた。

都合よく記憶喪失の男がいたからなのか、それとも他に理由があるのか。理由があるのなら、この際なので聞いておきたかった。

「だって、ノブちゃん、やさしいから……」

果穂は頬をぽっと赤らめた。

「嫌いな人と、こんなことできないよ」

恥ずかしげにつぶやき、さらに裸体を密着させてくる。小ぶりな乳房が押しつけられて、脚もしっかり絡みついていた。

「お、おい、なにやってるんだ」

「ふふっ、今だけだもん。いいでしょ」

果穂は悪戯っぽい笑みを浮かべていちゃついてくる。信彦に惹《ひ》かれていたのは事実らしい。こうして抱きつかれると、信彦も悪い気はしなかった。

ただ「今だけ」と言われて、少しだけ傷ついた。「もう離れたくない」とでも言ってくれたら、全力で幸せにするのに……。

(そんなこと、あるはずないか)

思わず苦笑を漏らし、心のなかでつぶやいた。

二十二歳の果穂から見れば、当然ながら信彦は大人に見えるだろう。だが、決して恋愛対象ではなかった。

「まったく……今だけだぞ」

「うん、ありがとう」

そう言って無邪気に笑う果穂が、いつにも増して可愛く見えた。

ヴァージンを捨てて身軽になったことで、彼女には明るい未来が待っているに違いない。近い将来、彼氏もできることだろう。もしかしたら、婿養子をもらって、クリーニング屋を継いでくれるかもしれない。

(長い目で見れば、これはこれで……)

福柴商店街のためになるはずだ。信彦は無理やり自分を納得させて、果穂の肩を抱き寄せた。

「幸せになるんだぞ」

「く、苦しいよ」

彼女は文句を言いながらも、嬉しそうに笑っていた。

6

時刻は夜九時近くになっていた。

いくらなんでも、このまま泊まらせるわけにはいかない。今夜のことは二人だけの秘密だった。

「どうして、ノブちゃんまでついてくるの？」

果穂が不服そうに尋ねてくる。

二人は肩を並べて、福柴商店街を歩いていた。果穂がシャワーを浴び終えると、家まで送るため信彦も外に出たのだ。

「もう九時だぞ。なにかあったら大変だからな」

「なに言ってるの。もう子供じゃないんだから」

頬を膨らませる果穂は、まだまだ幼く見える。だが、つい先ほど大人の女になったのも事実だった。

「万が一ってこともあるだろ」

「うち、すぐそこだよ。それに同じ商店街のなかだし」

確かにアーケード商店街なので、外を歩いているという意識は薄い。だが、ほとんどの店が八時にはシャッターをおろすので、この時間は閑散としている。実際、歩行者はまったく見当たらなかった。

昼間の喧騒が嘘のように静まり返っている。二人の話す声だけが、夜の商店街に響き渡っていた。

「なんかさ、こうして二人で歩いてるとデートみたいだよね」

果穂が楽しげにつぶやくが、信彦は一瞬どきりとした。

そんな台詞《せりふ》を誰かに聞かれたら誤解を招くのではないか。これまでなら気にしなかったのに、妙に意識している自分がいた。

(バカだな……誰も気にするはずないさ)

自然に振る舞えばいいだけの話だ。頭ではわかっているが、それがなかなかむずかしかった。

遠くでエンジン音が聞こえた。

車ではない。オートバイだ。軽い音なのでスクーターかもしれない。その音が急速に近づいてくる。

「なんだ？」

はっとして振り返ると、アーケードのなかをスクーターが走っていた。しかも携帯電話を片手に脇見運転している。歩行者がいないと思って、完全に注意を怠っていた。

「……え？」

果穂が気づいたときは遅かった。スクーターは猛スピードで、まっすぐこちらに突っこんできた。

「危ない！」

一瞬の出来事だった。気づいたときには、果穂を抱きかかえて地面を転がっていた。

「きゃっ……」

果穂が小さな悲鳴をあげた直後、スクーターはバランスを崩して転倒した。間一髪だった。あのままでは確実に激突していた。スクーターとはいえ、打ち所が悪かったら命にかかわる。奇跡的に避けられてほっと胸を撫でおろした。

「怪我《けが》はないか？」

果穂を立たせて声をかける。突然のことで混乱しているのか、彼女は口もきけずに頷いた。

無事を確認すると、倒れているスクーターの男のもとに走った。

「おい、大丈夫か？」

「す……すみません」

若い男は立ちあがると、ぺこぺこと頭をさげた。肘と膝を擦り剝《む》いているが、たいした怪我ではないだろう。

商店街のなかは車両通行禁止だ。しかし、突っ切ると近道なので、たまにこうして通る者がいる。危うく大事故になるところだった。

男は反省している様子だったので、二度とやらないと約束させて解放した。ミラーが折れたスクーターを押して、とぼとぼと去っていった。

「本当に大丈夫か？」

立ちつくしている果穂に、もう一度声をかけた。

「う、うん……大丈夫だけど」

どこか様子がおかしい。果穂はまじまじと信彦の顔を見つめてきた。

「さっきの……なに？」

「なにって、反省してるみたいだったからさ」

男を警察に突き出さなかったことを怒っているのかと思った。

「そうじゃなくて、すごい反射神経だったじゃん」

「ん？　そういえば……」

確かに、頭で考えるより先に体が動いた。自分でも信じられない身のこなしだった。

「ノブちゃん、あんなに速く動けるんだ」

果穂が感心した様子でつぶやいた。

「まあね……火事場の馬鹿力ってやつだな」

信彦は胸を張りながらも、なにか納得がいかなかった。

とくにスポーツの経験はないし、反射神経が優れているわけでもない。しかし、先ほどのは常人離れした動きだった。

（なんだったんだ？）

自分でも不思議に思う。考えようとすると、頭を打ったわけでもないのに後頭部が鈍く痛んだ。

第三章　八百屋の人妻

1

（もう朝か……）

信彦は煎餅布団の上で身を起こした。

薄汚れた緑のカーテン越しに朝の光が差しこんでいる。時刻はもうすぐ九時になるところだ。

とっくに目は覚めていたが、ごろごろしているうちに、こんな時間になってしまった。休職中で復帰する目処《めど》は立っていない。早起きしたところで暇を持てあますだけだった。

果穂と関係を持ってから三日が過ぎていた。

あれ以来、手すら握っていない。辰龍で何度か顔を合わせているが、互いに何事もなかったように振る舞った。

ただ、権藤は異変を感じたのか、訝《いぶか》しげな視線を向けてきた。「おまえら喧嘩《けんか》してるのか」と言われたときは、心臓がとまるかと思った。すかさず果穂が「食べてるときに話しかけないで」と引っかきまわして話題が逸《そ》れた。

うやむやになって助かったが、気を抜くことはできない。この商店街で暮らしていく以上、絶対に知られてはならない秘密だった。

綾子とのことも同様だ。互いに伴侶を亡くしているが、彼女は夫のことを想いつづけている。一時の淋《さび》しさを誤魔化すために肌を重ねたことは、二人の胸に留《とど》めておかなければならなかった。

（なんで、こんなことになったんだ……）

記憶はいまだに戻っていない。日常生活はまったく支障がないのに、仕事のことだけがどうしても思い出せなかった。

そのとき、枕もとの携帯電話が着信音を響かせた。

江原からだ。復帰の打診かもしれない。いったん息を吐き出して気持ちを落ち着かせると、通話ボタンをそっと押した。

「はい、藤原です」

穏やかな声を意識する。記憶は戻っていなくても、仕事はできるとアピールする必要があった。

『江原だ。なにか思い出したか?』

挨拶もそこそこに江原が問いかけてきた。

「いえ、でも普通に生活はできています。仕事をする上でも、とくに問題があるとは思えません」

『それはこちらで判断する。仕事の記憶は戻っていないんだな?』

信彦を気遣う様子はまったくない。なにかに急《せ》き立てられているような話し方だった。

「今のところは……」

復帰が遠のきそうな気がしたが、正直に答えるしかない。総務部に異動してからのことは、いっさい思い出せなかった。

『USBメモリーは見つかったか?』

「それも、まだ……」

信彦がつぶやくと、江原は残念そうに息を吐き出した。

『思い出したら、すぐに連絡するように』

「あ、あの――」

電話を切る気配があったので、慌てて食いさがった。

「仕事に復帰させていただけないでしょうか。ご心配でしたら、とりあえず電話番でもなんでもしますので」

このままでは社会に取り残されてしまう。雑用でも構わないので、毎朝、普通に出勤したかった。

『焦らなくていい。体を治すことに専念するんだ』

「体は大丈夫なんです。ですから――」

『悪いが忙しいんだ。また連絡する』

まったく聞く耳を持ってもらえない。江原は会話を遮ると、一方的に電話を切ってしまった。

信彦の体調よりも、ＵＳＢメモリーのことが気になっているらしい。

江原は焦らなくていいと言っていたが、焦っているのは自分ではないか。ずいぶん早口で、まったく余裕が感じられなかった。もしかしたら、事故の件で上からせっつかれているのだろうか。

記憶が戻らなければ、解雇されるのではないか。もはや自分は総務部の戦力に入っていない気がした。

（こんなもんか、会社なんて……）

胸の奥に虚《むな》しさがひろがっていく。

大学を卒業して二十四年、兼丸商事で働いてきた。業務中の事故で記憶の一部を失ったが、体はすっかり回復している。それなのに会社は復帰を認めないどころか、戦力外通告しようとしていた。

必死に働いてきた結果がこれだった。

急に馬鹿馬鹿しくなり、布団の上で大の字になる。誰かに話を聞いてもらいたいが、ここには誰もいなかった。

「くっ……」

奥歯が砕けそうなほど強く嚙《か》んだ。

落胆、失望、そして憤怒。淋しくても悲しくても、どんなに頭に来ても、ひとりで耐えるしかなかった。

（それにしても……）

ふと疑問が脳裏に浮かんだ。

どうして総務部に異動してからの記憶だけが消えているのだろう。それ以前の営業部にいるときの記憶は鮮明で、プライベートのことなら事故に遭う直前まで覚えている。

総務部の記憶だけが限定的に消えているというのが妙だった。

もしかしたら、忘れたいことがあるのではないか。つらい記憶を自ら封印しているのではないか。どうしても思い出せないのは、潜在意識で抑えこんでいるためではないのか。

それに「あの女」のことも気になった。

昏睡《こんすい》状態から目覚めたとき、病室にいたあの女は、いったいなにをしていたのだろう。

直感でしかないが、どうしても悪い人間には思えない。チラリと見ただけの名前も知らない女に、なぜか強烈に心を惹《ひ》かれてしまう。考えれば考えるほど、わからないことだらけだった。

もしかしたら、夢を見ていただけかもしれない。あの女は実在しないのではないか。時間が経《た》つにつれて、そんなふうに思うようになっていた。

2

夕方になり、信彦は買い物に出かけた。

腹が減ったのでなにか食べようかと思ったが、食材がなにもなかった。辰龍かあやに行くことも考えた。だが、休職中の身で毎回外食するのもどうかと思う。なにより、まわりの人に気を使わせたくなかった。

権藤も綾子も、さりげなく大盛りにしてくれたり、余ったからと一品つけてくれたりする。もちろん気持ちは嬉《うれ》しいのだが、甘えてばかりはいられない。どこも経営が楽ではないのを知っていた。

そういうわけで、今夜は自炊するつもりだ。ところが、夕方の商店街は主婦たちで混み合っていた。

(昼間のうちに買っておくべきだったな)

どうせ暇だったのに気力が湧かず、だらだらと過ごしてしまった。

それでも、記憶を取り戻す努力はした。なにがヒントになるかわからない。家のなかを隅々まで確認して、頭を刺激するものを探し求めた。だが、なにを見ても記憶が戻る兆しはなかった。

（やっぱり、もう……）

賑《にぎ》わう商店街を歩きながら、信彦の心は孤独と不安に苛《さいな》まれていた。

これからどうなってしまうのだろう。四十六歳で無職になったら、次の仕事は見つからないのではないか。そんなことを考えていると、どんどん気持ちが暗くなっていった。

溜《た》め息が漏れそうになるのをこらえつつ、八百屋《やおや》の『わた八』にやってきた。

「安いよ安いよ、どんどん持ってって、早いもん勝ちだよ！」

大勢の主婦でごった返すなか、由紀恵の夫、孝太郎《こうたろう》の威勢のいい声が響いている。聞いているだけで元気になりそうな声だった。

「ノブさん、なんにする？」

孝太郎が信彦の姿に気づいて声をかけてきた。

八つ年下の孝太郎とはあまり遊んだ記憶はないが、もちろん子供のころからの知り合いだ。顔を見れば、いつも気さくに話しかけてくれるのが嬉しかった。

「じゃあ、キャベツとトマト、それと――」

なるべく簡単に食べられる野菜がいい。旬のものを孝太郎に選んでもらおうとしたとき、背後で「あら」という大きな声が聞こえた。

「信彦さん、なにしてるの？」

振り返ると、由紀恵が驚いた顔で立っていた。

どうやら配達に行っていたらしい。Tシャツにジーパン、その上に店名の入った藍色のエプロンをつけていた。

彼女のジーパンは脚にぴったり密着して、艶《なま》めかしいラインが浮き出るスキニータイプだ。三十二歳の人妻の太股《ふともも》はむちむちで、ふくらはぎから足首に向かって締まっていく。ミニスカートで大胆に露出しているより、想像力が掻《か》きたてられるぶん、かえって卑猥《ひわい》に感じられた。

「あ、ああ……サ、サラダでも作ろうと思ってね」

慌てて視線を逸らして答えると、彼女は小さく首を振った。

「サラダはいいけど、お客さんが来てたみたいよ」

「俺の家に？」

「今、信彦さんの家の前を通ってきたの。ちょうど男の人たちが入っていくところだったわ」

藤原屋と駄菓子屋の間の細い通路に、二人の男が入っていったという。その先にあるのは、二階の自宅にあがる外階段だけだった。

「二人とも黒っぽいスーツを着てたけど」

「会社の人かもしれないな」

すぐに江原の顔が思い浮かんだ。

もしかしたら、さらに上の人を連れてきたのではないか。そして、自主退職を勧められるのではないか。いや、会社関係なら来る前に連絡を入れるはずだ。突然、訪ねてくることはないだろう。

「ううん、誰だろう」

首をかしげていると、由紀恵がはっとした様子で見つめてきた。

「空き巣ってことない？」

「まさか、この商店街で空き巣なんて……」

笑い飛ばそうと思ったが、あり得ない話ではない。本来、信彦が仕事をしていたら、この時間は誰もいないことになる。空き巣は事前に下見をすることもあるらしい。そうなると、留守宅だと思って堂々と盗みに入る可能性もあった。

「スーツっていうのが、逆に怪しいよね」

「そう思うか？」

「行こう」

由紀恵が真剣な顔で、いきなり手を握ってきた。

「は？」

突然のことに戸惑うが、彼女は人目など気にしていない。それよりも、正義感に突き動かされていた。

「まだ間に合うよ。あなた、ちょっと行ってくるわね」

由紀恵は夫に声をかけると、信彦に向き直った。

「空き巣なら捕まえられるし、お客さんなら、それはそれでいいでしょ」

目撃した手前、責任を感じているらしい。由紀恵は踵《きびす》を返すと、信彦の手を握ったまま走り出した。

「お、おい……」

確かに気になる話だ。キャベツとトマトは後まわしにして、とにかく人混みのなかを家に向かった。


藤原屋の前に到着すると、全身がじっとり汗ばんでいた。

だいぶ体力は戻ってきたとはいえ、家に閉じこもっていることが多いので、まだまだ運動不足だった。

「信彦さん、大丈夫？」

「あ、ああ……」

なんとか返事をするが息は切れている。信彦は前屈《まえかが》みになって膝に両手をつくと、ハアハアと荒い呼吸を繰り返した。

「あれ？」

そのとき、由紀恵が首を捻《ひね》った。耳をそばだてるような仕草だ。信彦も乱れた呼吸を整えながら、釣られて耳に意識を集中させた。

ガタッ――。

なにか重たい物を動かした音だった。

信彦と由紀恵は、無言で視線を交わした。背筋がゾクッと冷たくなる。今の音は、確かに藤原屋の二階から聞こえた。住宅部分に何者かが侵入している。そう認識した途端、膝が小刻みに震えはじめた。

「の、信彦さん……ど、どうしよう？」

由紀恵も恐怖に歯をカチカチ鳴らしている。頬の筋肉をひきつらせて、瞳に涙を湛《たた》えていた。

「け、警察……ケ、ケータイを」

信彦は慌ててチノパンのポケットを探った。

その一方、頭の片隅では違和感を覚えていた。藤原屋は潰れた和菓子屋だ。空き巣が標的にする意味がわからなかった。

実際、金目の物はほとんどない。財布は手もとにあり、キャッシュカードもクレジットカードも入っている。健康保険証と通帳類は、すぐに盗難の手続きをすれば悪用されることもないだろう。

唯一、気になるのは仏壇だ。高価なものではないが、あれだけは他人に傷つけられたくなかった。

「警察に連絡して」

由紀恵に携帯電話を渡すと、信彦は勇気を出して細い通路を進んだ。

恐怖が消えることはない。それでも、思い出が詰まった部屋を荒らされるのは我慢ならなかった。

「危ないよ」

背後から肩を掴《つか》まれた。由紀恵が心配して追ってきたのだ。慌てて商店街まで押し戻す。彼女を巻きこむわけにはいかなかった。

「由紀恵さんは来たらダメだ」

「あっ！」

そのとき、由紀恵が大きな声をあげた。

視線は信彦ではなく、肩越しに背後へ向けられている。慌てて振り返ると、目の前に男が迫っていた。黒いスーツにサングラス、どう見ても普通ではない。通路を塞ぐ形で立っている信彦に、いきなり殴りかかってきた。

「くっ……」

とっさに男の腕をかいくぐって体をひねる。次の瞬間、男の体が宙を舞い、背中から地面に落ちていった。

一本背負い。高校時代、体育の授業で習っただけの柔道が、なぜか無意識に飛び出した。

「きゃあっ！」

由紀恵の悲鳴が聞こえて視線を向ける。すると、もうひとりの男が携帯電話を取りあげようとしていた。

「セヤアアアッ！」

刹那、裂帛《れっぱく》の気合いが迸《ほとばし》った。彼女を助けたい一心で勝手に体が動き、正拳突きを繰り出していた。

「うぐうッ」

男の呻《うめ》き声が響き渡る。拳は確実に顔面を捉えてサングラスが吹き飛んだ。同時にメキッと嫌な音がして鼻が曲がった。

「に、逃げろ……」

どちらの男が発した言葉かわからない。とにかく、黒ずくめの男たちは這々《ほうほう》の体《てい》で退散した。

（なんだ……今のは？）

いったい、なにが起こったのだろう。

信彦は拳を握ったままの右手を見つめていた。逃げた男たちのことはもちろんだが、自分のことも気になった。

柔道なら体育で習ったが、空手の経験はない。殴り合いの喧嘩もほとんどしたことがないし、決して強いとは言えなかった。なぜ男たちを撃退できたのか、自分でもわからなかった。

「信彦さん、すごい」

由紀恵の声ではっと我に返る。顔をあげると、いつの間にか野次馬が大勢集まっていた。

信彦と由紀恵を、商店街の人たちや買い物客たちが囲んでいる。信彦がたったひとりで、いかにも怪しげな二人の男を打ちのめしたのだ。事情はわかっていなくても、自然と拍手が湧き起こった。野良犬のフクちゃんもいる。きょとんとした顔でこちらを見つめていた。

「おい、ノブ、なんだアイツらは？」

声をかけてきたのは権藤だ。たまたま通りかかったらしく、目を丸くしながら歩み寄ってきた。

「ど、泥棒……空き巣」

信彦もなにが起こったのか把握していない。説明したくても、説明のしようがなかった。

「空き巣だって？　なんか盗《と》られたのか。それに、おまえさん、いつからそんなに強くなったんだよ」

矢継ぎ早に質問を投げかけられても、なにひとつ答えられない。信彦は顔をこわばらせたまま、左右に振るしかなかった。

「ノブさん、どうしたんですか？　由紀恵ちゃんも大丈夫？」

そこに着物姿の綾子もやってきた。いつも淑《しと》やかな彼女も、さすがに驚きを隠せない様子だ。

「お怪我《けが》はありませんか」

「え、ええ、なんとか……」

怪我と言われて、慌てて全身を撫《な》でまわした。男二人を相手にしたのに、まったく無傷なのが不思議だった。

「ちょっと、ノブちゃんが喧嘩したんだって？」

さらに果穂まで駆けつけた。額に汗を浮かべているので、騒ぎを聞きつけてクリーニング店から走ってきたのだろう。

「どこをやられたの？　救急車は？」

「い、いや、大丈夫……俺も由紀恵さんも無事だ」

このままだと騒ぎがどんどん大きくなりそうだ。とりあえず自宅に戻ろうとしたとき、野次馬のなかに気になる顔があった。

（……ん？）

後ろのほうにいて、大勢いる人の間からこちらをうかがっていた。妙にこそこそした態度も気になったが、その顔に見覚えがあった。

（あっ……あの女だ！）

病室にいた女に間違いない。

ダークブラウンのミディアムヘアに、すっとした顎のライン。なにより、鋭い眼光を忘れるはずがなかった。

あの女は実在していた。病室での出来事は夢ではなかったのだ。

（どうして、あの女が……）

単なる偶然とは思えなかった。

このタイミングで彼女がここにいるのは、なにか意味があるに違いない。信彦が一歩踏み出すと、女は背を向けて歩き出した。

「お、おい……」

慌てて呼びかけるが、人が多くて前に進めない。あっという間に女の姿が遠ざかっていく。

「ノブ、どこ見てんだ」

権藤に肩を摑まれた。女を追いかけたいが、心配してくれているので振り払うことはできない。

「い、いや、知り合いがいたような……」

答えている間に、女の姿を見失ってしまった。

「なに言ってんだ、ほとんど知り合いだろうが」

「まあ、そうなんだけど……」

信彦はとっさに言葉を濁していた。

あの女が実在することはわかったが、それでも説明しようと思わなかった。信彦の身辺でなにかが起こっている。そのなにかに、あの女が関与している気がしてならない。

(みんなに話すべきじゃない)

真相はまったくわからないが、嫌な予感がしている。権藤や商店街の人たちを巻きこみたくなかった。

「突っ立ってねえで、とりあえず部屋に戻ったほうがいいんじゃねえか」

権藤にうながされて、仕方なく自宅に戻ることにした。あの女のことも気になるが、部屋がどうなっているのか心配だった。

通路を進んで外階段をあがっていく。すると、玄関の鍵が壊されて、ドアが開け放たれているのが見えた。

「なっ……」

部屋を覗《のぞ》いて、思わず言葉を失った。

下駄箱《げたばこ》の扉が開いており、靴があたりに散らばっている。キッチンの収納も同様で、入っていた物がすべて出されていた。ただ、大きな音が立つのを嫌ったのか、皿やコップが割れていないのが救いだった。

和室に向かうと、洋服簞笥《だんす》のなかが引っ掻きまわされて、なぜかテレビが台ごと移動している。裏側を覗こうとしたのかもしれない。とにかく、普通ではない散らかり方だった。

不安に駆られながら仏間を確認した。

幸いなことに仏壇は無事だった。物色した形跡はあるが、荒らされていなかったのでひとまず安心した。

「なに……これ？」

由紀恵は惨状を目の当たりにして、口もとを両手で覆った。

いっしょについてきた権藤と綾子、それに果穂の三人は、なにが起こったのかわからず立ちつくしていた。

「こりゃあ、ただの空き巣じゃねえな」

つぶやいたのは権藤だ。

簞笥に仕舞っておいた通帳と印鑑は、畳の上に投げ捨てられている。金目のものではなく、なにか他に捜しているものがあったのではないか。そうとしか思えない状態だった。

「警察に電話しますね」

綾子が警察に電話をかける。すると、果穂がすっと信彦に近づいて、そっと背中を擦《さす》ってくれた。

「いっしょに片づけしよう。みんなでやればすぐに終わるよ」

信彦は声も出せず、無言で頷《うなず》くことしかできなかった。

(なにがなんだか……)

どうしてこの家が狙われたのだろう。あの男たちは誰なのだろう。そして、なぜ男たちを撃退できたのだろう。

先日のスクーターのときと同じで、反射的に体が動いた。この間は果穂を守るため、今日は由紀恵を助けようと無我夢中だった。とはいえ、急に運動神経がよくなるはずもなかった。

自分が自分でなくなったようで恐ろしい。いったい、なにが起きているというのだろう。

（それに、あの女だ……）

絶対になにかある。あの女が鍵を握っているのではないか。だが、皆目見当がつかない。疑念は深まる一方だった。

3

警察が来て、事情を聞かれた。

男たちはなにか目的があって侵入したとしか思えない。そう訴えたが、被害がないので相手にしてもらえなかった。それどころか信彦がしつこいので、あからさまにうるさい奴《やつ》だなという顔をされた。

現時点では、ただの空き巣として処理されそうな雰囲気だった。

警察は部屋中の指紋を取ったり、やたらと写真を撮ったりしていたが、形ばかりという感じがした。なにしろ盗まれた物がなく、散らかっているだけで壊された物もない。しかも、信彦も由紀恵もまったくの無傷だった。

警察にとっては、たいした事件ではないのだろう。軽く見られているようで気分がよくないが、きっと凶悪犯罪の捜査に力を注ぎたいのではないか。時間がかかっただけで、あまり期待できそうになかった。

あの女のことは警察に話していない。

病室で見たときは朦朧《もうろう》としていたし、先ほどもチラッと見かけただけだ。写真があるわけではなく、自分以外に目撃者もいない。そもそも、彼女に害を与えられたわけではなかった。それなのに、あの女が怪しいと力説したところで、おざなりなことしかしない警察が聞く耳を持つはずがなかった。

すべてが終わって警察が帰ったのは、夜の八時をまわっていた。

権藤と綾子は自分の店があるし、果穂もクリーニング店の手伝いがあるので先に帰った。由紀恵は夫に電話をして事情を説明すると、「店はうちの人にまかせておけば大丈夫」と言って最後までつき合ってくれた。

「なんか疲れたな……」

思わず溜め息が漏れてしまう。信彦は呆然《ぼうぜん》と立ちつくし、散らかったままの部屋を眺めていた。

明日、みんなが片づけを手伝ってくれることになっているが、寝る場所だけは確保しなければならない。だが、すっかり疲れ果てて、もうなにをする気力も起きなかった。

　すると、由紀恵がすっとしゃがみこんで、散乱している服を畳みはじめた。

「こういうの、わたしのほうが得意だと思うから」

　正座をしてジーパンの膝の上で、Ｔシャツを手際よく折り畳んでいく。信彦がやるよりも早くて丁寧で、しかもずっと綺麗《きれい》だった。

「由紀恵さん……」

「大丈夫、みんながいるから」

　由紀恵が穏やかな声で語りかけてきた。

　視線は手もとに落としたまま、服を畳みつづけている。そんなさりげなさが、信彦の心を震わせた。

「信彦さんはひとりじゃないよ」

　不覚にも涙腺が緩みそうになり、慌てて奥歯を強く嚙んだ。

（俺は……ひとりじゃない）

　なんていい言葉だろう。思わず胸のうちで繰り返した。

　十年前に両親と妻を亡くしたとき、そして昏睡状態で入院したとき、いつも近くに商店街の仲間がいた。頼みもしないのに手を差し伸べてくれるお節介な連中だ。さっきだって、すぐに駆けつけてくれた。

(俺はひとりじゃないんだ)

ずっと孤独だと思っていたが、そうではなかった。

福柴商店街のみんながいる。いつも助けてもらっていたのに、どうして気づかなかったのだろう。いや、気づいていたが、受け入れることができなかっただけだ。十年前から自分の殻に閉じ籠もったままだった。

信彦もしゃがみこむと、服を掻き集めて畳みはじめた。ひとりではないと思うと、退屈な作業も楽しかった。

「信彦さん、下手《へた》ねえ。いつも自分でやってるんじゃないの?」

由紀恵が笑いかけてくる。気を使って、わざと明るく振る舞ってくれているのだろう。

「そんなに下手か?」

「ちゃんと伸ばさないと皺《しわ》になっちゃうでしょ」

なにげないこんな会話が楽しかった。誰かが近くにいてくれるだけで、がんばれる気がした。

二人がかりだったので、さほど時間はかからなかった。散らかっていた服を畳んで、テレビ台を元の位置に戻した。これで布団を敷いて寝ることができるようになった。

「ありがとう、助かったよ」

　素直な気持ちで礼を言う。すると、由紀恵は小さく首を振った。

「わたしのほうこそ、助けてくれてありがとう」

　一瞬、意味がわからずきょとんとする。男たちを撃退したことを言っていると
わかったのは、数秒経ってからだった。

「信彦さんがいなかったら、どうなっていたことか」

「いやいや、俺がいなければ、由紀恵さんが襲われることもなかったよ」

　あの男たちは、いったいなにを捜していたのだろう。どう考えても、信彦の家
を狙ったとしか思えなかった。

「信彦さんがあんなに強いなんて、驚いちゃった」

　由紀恵の瞳がキラキラ輝いている。まるで遊園地のヒーローショーを見ている
子供のような顔になっていた。

「自分でも驚いてるよ」

　信彦はひきつった笑みを浮かべるしかなかった。

　上手《うま》く説明できないが、あれは自分であって自分ではない。果穂を暴走スクー

ターから庇《かば》ったときとは異なり、今回の件は火事場の馬鹿力では片づけられなかった。

「お礼に晩ご飯をご馳走《ちそう》させて」

嬉しい申し出だが、もうすぐ九時になってしまう。いつまでも引き留めておくにはいかなかった。

「でも、旦那さんが心配してるんじゃないか」

孝太郎の顔を思い浮かべる。嫉妬深いタイプには見えないが、腹を空《す》かせて待っているだろう。

「夫ならいないから心配ないわ」

由紀恵はさらりと言うが、どことなく突き放すような感じが気になった。

どこかに出かけているのだろうか。確認したいが、なんとなく尋ねてはいけない雰囲気があった。

「でも、食材がないんだ」

買い物に出かけたのに、なにも買わずに戻ってきた。そして、騒動に巻きこまれて、こんな時間になってしまった。

「もう店は閉まってるし、今夜は諦めるしかないな」

駅の周辺なら、まだ開いている店もあるだろう。でも、どうせ買い物をするなら福柴商店街と決めていた。

「うちに来ればいいじゃない」

「いや、それは……」

この時間にお邪魔するのは気が引ける。孝太郎がいるならまだしも、人妻と二人きりになる状況は避けるべきだ。

「晩飯は、あやで食べるよ」

また外食になるが、今夜は仕方ないだろう。ところが、由紀恵は引きさがろうとしなかった。

「八百屋だから食材ならいくらでもあるわ。ねえ、せっかくだから」

「でも、もう遅いし……」

「お礼くらいさせてよ。ね、お願い」

助けてもらったという思いが強いのかもしれない。拝むように手を合わせて頭をさげられると、さすがに断りにくかった。

「じゃあ……ちょっとだけ」

押し切られる形で、つい了承してしまう。

由紀恵は魅力的な人妻だが、もちろん下心など微塵《みじん》もない。食事をご馳走になり、すぐに帰れば問題ないはずだ。信彦は心のなかで、そう自分に言い聞かせていた。

4

「ふぅっ、うまかった」

信彦は満足して箸を置いた。

野菜炒《いた》めと豆腐の味噌汁《みそしる》とご飯、それに自家製の漬物に出汁《だし》巻き卵。簡単なものだと謙遜していたが、どれも味付けが絶妙で美味だった。

「ごちそうさまでした」

あらたまって頭をさげると、由紀恵はくすぐったそうな笑みを浮かべた。

食卓を挟んで向かい合って座り、彼女もいっしょに夕飯を摂《と》った。こうして由紀恵と二人きりで食事をするのは初めてだ。しかも、彼女の家だと思うと、なんだか妙な気分だった。

ここは『わた八』の二階にある由紀恵と孝太郎の自宅である。間取りは信彦の家とほぼ同じだ。孝太郎の両親は健在だが、息子夫婦にこの家を譲り、商店街の近くにあるアパートに移り住んでいた。

「お粗末さまでした。お茶を淹《い》れるから、向こうでゆっくりしてて」

「お構いなく」

一応声をかけながら、居間のソファへと移動する。畳の上に茶色の絨毯《じゅうたん》を敷いて、合皮の二人掛けソファが置いてあった。テレビは大画面なので、映画でも観《み》ればなかなかの迫力だろう。

だが、夫婦で映画鑑賞をすることはないらしい。食事中にさりげなく聞いてみたところ、孝太郎は毎晩のように出かけているという。飲み歩いているとのことだが、由紀恵の暗い表情が気にかかった。

「はい、ほうじ茶ね」

しばらくすると、盆を手にした由紀恵がやってきた。

湯飲みをテーブルに置き、信彦の隣に腰かける。ジーパンに包まれた下肢に自然と視線が吸い寄せられた。

（人妻ともなると、なかなか……）

ストレッチの利いた生地が太股に密着している。股間にも張りつき、盛りあがった恥丘の形がはっきりわかった。素晴らしい肉づきが伝わり、信彦は思わず喉をコクリと鳴らした。

「うちの人、浮気してるの」

まるで天気の話でもするようなトーンだった。由紀恵がさらりと夫の浮気を告白した。

「孝太郎が？」

「若い女と腕を組んで歩いているところを、綾子さんが見かけたの」

努めて抑えているのだろう、彼女の口調は淡々としている。それでも、怒りと悲しみ、それに一抹の淋しさが感じられた。

二か月ほど前のことだった。

スナックから出てきた孝太郎とホステスが、いちゃつきながらホテル街に向かうところを、たまたま女友だちと歩いていた綾子が目撃した。

綾子は迷った末、由紀恵に報告したという。伝えることで、夫婦仲が悪くなることを懸念したらしい。だが、二人は親戚で昔から仲がいいので、黙っていることができなかったのだろう。

「でも、まだ浮気と決まったわけじゃ……ホテルの近くを歩いていただけかもしれないだろ？」

「ホテルに入るところを見たわけじゃないって綾子さんも言ってたけど、そのころ、ちょうど怪しいと思ってたの。あの人、こそこそメールするようになってたから」

浮気を疑っていたので、綾子から話を聞いて疑惑が確信に変わったようだ。こういうときの女の勘は、だいたい当たっている。夫の嘘《うそ》など、妻はたいていお見通しと思ったほうがいいだろう。

（孝太郎のやつ、まだバレてないと思ってるな）

信彦はまるで自分のことのように冷や冷やしていた。

このことを孝太郎に伝えるべきか、それとも静観しているべきだろうか。相手がホステスなら、一時的な火遊びかもしれない。そもそも、孝太郎がそれほどモテるとは思えなかった。おそらく、ホステスとしては、金を落としてくれるからつき合っているのだろう。それなら自然と鎮静化する可能性が高かった。

――待っていれば、戻ってくるんじゃないか。

喉《の》もとまで出かかった言葉を呑みこんだ。

妻の立場からすれば、そんな悠長なことは言っていられない。今すぐ問い質《ただ》して、事実を確認したいに決まっていた。

「頭に来てるけど、黙ってるつもり」

意外な言葉だった。孝太郎が戻ってくると確信している。強烈な妻のプライドが感じられた。

「そうか……それもいいかもしれないな」

彼女が待つ気なら話は早い。信彦の役目は、さりげなくそちらに誘導するだけだった。

「でも……」

由紀恵がすっと手を伸ばしてくる。なにをするのかと思えば、ポロシャツから出ている肘のあたりを遠慮がちに摑んできた。

「やっぱり、淋しい」

声が小さくなっている。やはりつらいのだろう、がっくりうつむいてTシャツの肩を震わせていた。

「そ、そうだよな……うん、そうだよ」

こういうとき、どんな言葉で慰めればいいのだろう。それに、摑まれている肘が気になって仕方がない。人妻と二人きりだということを、どうしても意識してしまう。

「あ、あのさ、とりあえずお茶でも飲もうか……」

声をかけるが、由紀恵はなにも答えない。それどころか、ついに嗚咽《おえつ》を漏らしはじめてしまった。

「うっ……うぅっ……」

「ゆ……由紀恵さん」

「ごめんね……困るよね、ごめんね」

うつむいたまま、何度も謝る姿が痛々しい。泣いてはいけないと思っても、どうしても涙が溢《あふ》れてしまうのだろう。

「大丈夫……泣いたらいいよ」

「あの人が、他の女の人となんて……うぅっ」

由紀恵がすっと身体《からだ》を寄せてくる。信彦は自然と彼女の肩に手をまわし、抱き寄せる格好になっていた。

「やっぱり、つらいよな」

「わかってくれる?」

ポロシャツの胸板に頬を押し当てているため、由紀恵の顔を見ることはできない。消え入りそうな声だけが聞こえていた。

「わかるよ。悪いのは孝太郎だ」

Tシャツの肩をそっと撫でてやる。人妻だと思うと内心ドキドキするが、微塵も出さないように気をつけた。

しかし、すぐ目の前に彼女の頭があり、甘いシャンプーの香りが鼻腔《びこう》に流れこんでくる。いつしか身体がぴったり密着しており、柔らかい女体の感触と体温が伝わっていた。

(由紀恵さんは傷ついてるんだ。おかしなことを考えるんじゃない)

胸のうちで懸命に自分を戒める。ともするとペニスが反応しそうになるが、理性の力で抑えこんだ。

「じゃあ……慰めて」

「そうだよな、俺が慰めて……ん？」

慰めるとはどういう意味だろう。

信彦が困惑して黙りこむと、胸板に縋《すが》りついていた由紀恵が顔をあげた。瞳は潤んでいるが、涙は流れていなかった。

「お願い……」

なにかを訴えるように、じっと信彦の目を見つめてきた。

「はい？」

意味がわからない。いや、なんとなくわかるが、勘違いの可能性もある。それに、まさかという気持ちが強かった。

「それって……どういう意味かな？」

恐るおそる尋ねてみる。すると、由紀恵は胸板に縋りついたまま、片手をチノパンの股間に伸ばしてきた。

「うっ、ちょ、ちょっと……」

スリッ、スリッと撫でられて、瞬く間にペニスが膨らみはじめる。なんとかこらえていたのに、服の上から軽く触れられただけで、快感が理性を飛び越えてしまった。

「綾子さんのこと、慰めてあげたんでしょ？」

由紀恵の言葉に心臓が跳ねあがる。もしかしたら、綾子と関係を持ったことを知っているのだろうか。

（まさか、綾子さんが……）

綾子と由紀恵は親戚で仲がいい。おそらく、なんでも相談し合っているのではないか。だとすると、綾子が話していてもおかしくはない。

(待て待て、鎌をかけられているのかもしれないぞ)

関係は持ったが、綾子は今でも亡くなった夫のことを想いつづけている。ただ熟れた女体を持てあましていたのは事実だ。ついに耐えられなくなり、なんとか欲望を鎮めたかったのだろう。そう考えると、やはりあの晩のことは誰にも知られたくないのではないか。

「ねえ、なんとか言ってよ」

由紀恵が股間を擦《さす》りながら、濡《ぬ》れた瞳で見あげてくる。どこまで知っているのか、それともなにも知らないのか判断がつかなかった。

「な、なんのことだい?」

しらを切りとおすしかない。鎌をかけているのだとしたら、綾子に迷惑をかけることになってしまう。

「退院祝いをやった日、わたしと果穂ちゃんと権藤さんが先に帰ったのよね」

由紀恵の言葉で回想する。

あやに信彦と綾子が残った。そのあと、二人で飲み直して、誘われるまま関係を持ったのだ。

「権藤さんが家まで送ってくれたんだけど、ハンカチを忘れたことに気づいて戻ったの。綾子さんにプレゼントしてもらった大切なものだったから」

「そ、そうなんだ……」

額に汗が浮かぶが、それでも平静を装いつづける。ここまで来ると、しらを切るもなにも、どう対処すればいいのかわからなかった。

「そうしたら、鍵がかかってて入れなかったの。カーテンも閉まってたから、なかは見えないしね」

そこで言葉を切ると、由紀恵はチノパン越しに硬くなったペニスをキュッと掴んだ。

「うっ……」

甘い快感が生じて、股間から全身へとひろがっていく。信彦はソファの背もたれに体重を預けたまま、どうすることもできなかった。

「でもね、声は聞こえたの。ほんの少しだけ」

由紀恵は気づいているのかもしれない。あの夜、なにがあったのか。綾子に聞いたわけではないが、すべてを悟っているのではないか。

「もしかしたら、信彦さんが綾子さんのこと慰めてあげたのかな……とか思ったのよね」

なにやらねっとりした口調で言うと、「ふふっ」と意味深に笑う。だが、それ以上は追及してこない。信彦はひと言も発することができず、ただ男根をガチガチに硬直させていた。

「隣……行こうか？」

由紀恵は熱っぽい声で囁《ささや》くと、なにも言えずに固まっている信彦の手を引いて立ちあがった。

5

連れこまれた隣の六畳間は、ベージュの絨毯が敷いてあり、ダブルベッドが置いてあった。

窓には深緑の地に花柄のカーテンがかかっている。サイドテーブルのスタンドが、部屋のなかをぼんやり照らしていた。

（ここは……）

まぎれもなく夫婦の寝室だ。由紀恵と孝太郎は微妙な時期だが、それでも毎晩

「敏感なんだ。乳首が感じるのね」

さらに指先で摘《つま》まれて、こよりを作るように転がされる。刺激が格段に大きくなり、瞬く間に乳首は硬く隆起した。

「くうっ……」

「硬くなってきた。ほら、コリコリしてる」

由紀恵は信彦の反応を楽しむように、乳首を指先で小突いてくる。そして、いきなり右の乳首に吸いついてきた。

「ちょ、ちょっと……ううっ」

唇をかぶせてきたかと思うと、舌が乳首に這いまわる。まるで唾液を塗りつけるような、じっくりとした舐《な》め方だった。

「くううっ、な、なにをして……」

「なにって乳首を舐めてるのよ」

由紀恵は悪びれた様子もなく言うと、今度は左の乳首に吸いついた。

「はむっ……ンンっ」

またしても舌を伸ばして、ネロリ、ネロリと舐めまわす。乳輪から乳首の先端まで、たっぷりの唾液で濡れてしまった。

双《ふた》つの乳首を散々なめしゃぶると、由紀恵は目の前にしゃがみこんだ。そして、勝手にベルトを外して、チノパンをおろしてしまう。青いボクサーブリーフは肉棒の形に盛りあがり、我慢汁の染みがひろがっていた。

「こんなに濡れてる」

由紀恵がひとりごとのようにつぶやき、ボクサーブリーフもあっさりめくりおろす。途端に屹立《きつりつ》した肉柱が、鎌首を振って飛び出した。

「あっ、すごい……」

強烈な牡《おす》の匂いがひろがるが、彼女はまったく嫌がる様子がない。それどころか、うっとりした表情で大きく息を吸いこんだ。

「これが信彦さんの匂いなのね」

「く、臭いだろ……」

「そんなことない。野性的で男らしいわ」

亀頭に鼻先を寄せると、深呼吸を繰り返す。そして、チノパンとボクサーブリーフをつま先から抜き取った。

「ほ、本気なのか?」

今さらながら問いかける。綾子は未亡人だったが、由紀恵は人妻だ。しかも夫の孝太郎は昔からの知り合いだった。

「やっぱり――ぬおおッ！」

信彦の声は途中から呻き声に変わっていた。由紀恵がペニスの裏筋を舐めあげたのだ。舌先を伸ばして、敏感な部分をツツーッとくすぐられた。

「くッ……ううッ」

肉柱が大きく揺れると同時に、尿道口から透明な汁が溢れ出す。牡の匂いがさらに濃くなるが、由紀恵は目もとをぽっと火照らせて、カリ首の周辺に舌を這わせていた。

「うちの人、全然相手にしてくれないから……」

淋しげなつぶやきだった。

孝太郎の気持ちは浮気相手に向いており、夫婦の夜の生活が途絶えているのだろう。だが、それは一時的なことに違いない。いずれ小遣いがなくなった孝太郎は、ホステスに振られて戻ってくると踏んでいた。

（でも、由紀恵さんは……）

もう耐えられないほど追いつめられているのだろう。

確か浮気がはじまったのは二か月前だと言っていた。由紀恵はこの二か月を悶々《もんもん》と過ごしていたに違いない。夫が他の女を抱いていると思ったら、悔しくて悔しくてたまらなかったのではないか。

「わたし、もう……」

由紀恵は立ちあがると、信彦をベッドに押し倒した。そして、Tシャツとジーパンを脱ぎ捨てて、さらに生活感のあるベージュのブラジャーとパンティも取り去った。

「ま、待った——おおっ！」

なんとか宥《なだ》めようとした信彦だが、人妻の女体を前にして目を見開いた。

乳房は丸々としており、まるでお椀《わん》を双つ伏せたような形をしている。薄紅色の乳輪は大きくて、五百玉ほどあるだろうか。中心の乳首がぷっくり屹立しているのは、すでに昂《たかぶ》っている証《あかし》だった。

しかも、腰がしっかりくびれているため、乳房と尻の大きさがより強調されている。三十二歳の人妻だけのことはあり、今がまさに食べごろといった感じの女体だった。

股間に目を向ければ、恥丘は黒々とした陰毛が茂っている。かなり濃いと思った綾子よりも遥《はる》かに多く、しかも一本いっぽんが太くてしっかりしていた。文字どおりの剛毛で、いかにも性欲が強そうな雰囲気だった。

（すごい……これほどとは……）

前々からスタイルがいいのは知っていたが、予想以上に肉感的だ。全身にしっかり脂が乗っており、人妻らしく丸みを帯びている。どこもかしこも柔らかそうで、どうしても期待が膨れあがってしまう。

（ダ、ダメだ……由紀恵さんは、孝太郎の……）

心のなかでつぶやくが、もうペニスは臨戦態勢を整えている。なにより、彼女が逞《たくま》しい男根を求めていた。すでに二人とも生まれたままの姿になっている。ここまで来て、なにも起きないわけがなかった。

「ちょっと恥ずかしいけど……」

由紀恵はひとり言をつぶやきながら、ベッドにあがってくる。そして、仰向《あおむ》けになっている信彦の顔を逆向きにまたいで折り重なった。

「うおっ！」

またしても大きな声をあげてしまう。

目の前に双臀《そうでん》が迫り、臀裂の谷底には赤々とした陰唇が息づいていた。たっぷりの華蜜で濡れた花弁は、まるで獲物を待つ食虫植物のようだ。磯《いそ》に似た香りを濃厚に漂わせており、発情しているのは明らかだった。

「信彦さんも、お願い……はむううっ」

由紀恵は肉柱の根元に指を添えると、いきなり亀頭を咥《くわ》えこんだ。

「ううッ、ゆ、由紀恵さん」

熱い吐息が吹きかかると同時に、敏感なカリ首に柔らかい唇が密着する。さらに唾液をたっぷり乗せた舌が亀頭を這いまわり、たまらず腰に小刻みな震えが走り抜けた。

「くうッ、そ、そんな……」

ペニスに受ける快感はもちろんだが、目の前にひろがる絶景も気にかかる。肉唇の合わせ目から、透明な汁がじくじく溢れ出していた。

信彦は両手をまわしこんで尻肉をしっかり摑んだ。指を食いこませて、尻たぶの柔らかさと弾力を堪能《たんのう》する。人妻の尻を揉《も》んでいると思うと、妙な興奮が湧きあがってきた。

「も、もし……孝太郎が帰ってきたら」

万が一、見つかったら修羅場になる。孝太郎が浮気をしたからといって、許されることではない。だが、そんなことを考えている間に、ペニスはどんどん彼女の口内に収まっていく。

「あふっ……むふっ……はむンっ」

人妻の唇が太幹の表面を滑り、舌が亀頭を舐めまわす。全体が唾液に包まれて、根元をキュウッと締めつけられた。

「おっ……おおっ」

もう我慢できない。信彦は尻たぶを両手で摑んだまま首を持ちあげて、目の前の淫裂にむしゃぶりついた。

「あンンっ、そ、それ、あふううっ」

男根を咥えた状態で、由紀恵がくぐもった喘《あえ》ぎ声を響かせる。その声に釣られて、信彦はさらに陰唇を舐めまわした。

口をぴったり密着させると、舌を伸ばして女陰を舐めあげる。二枚の花弁を交互にしゃぶり、ついには割れ目に舌先を沈みこませた。内側のさらに柔らかい部分を、じっくり味わうようにクチュクチュねぶる。もちろん、由紀恵はその間もペニスをぱっくり咥えこんでいた。

（まさか、由紀恵さんとこんなことに……）

信じられないことだが事実だ。二人は今、互いの性器を舐め合っている。いつも八百屋の店頭に立ち、元気に野菜を売っている由紀恵がペニスをしゃぶり、信彦は女陰に吸いついていた。

舌を尖《とが》らせて膣口《ちつこう》に挿入してみる。すると、反応が顕著になり、彼女は尻を左右にくねらせはじめた。

「はううっ、い、いい……あむううっ」

お返しとばかりに首を振り、ジュルジュルと音を立てて肉柱を吸いまくる。柔らかい唇でしごかれると、我慢汁がお漏らしのように溢れてしまう。信彦の愛撫《あいぶ》も加速して、クリトリスを思いきり吸引した。

「あンンっ、そ、それ、あああッ」

ついに耐えられなくなったらしい。由紀恵はペニスを吐き出すと、あられもない声で喘ぎはじめた。

「の、信彦さん、そ、そこは、あああッ、もうダメぇっ」

跳ねるように飛び退《の》くと、信彦の腰にまたがり直す。足の裏をシーツにつけた騎乗位で、ペニスの先端を女陰に擦《こす》りつけた。

「うっ……ゆ、由紀恵さん」

陰唇がヒクついて、亀頭をチュプッとしゃぶっている。呑みたくて仕方ないのだろう、透明な涎《よだれ》を大量に滴らせていた。

「わ、わたし、もう……」

由紀恵は潤んだ瞳でつぶやき、膝をゆっくり曲げて腰を落としはじめる。剛根の切っ先が、女陰の狭間《はざま》に沈みこみ、さらに熱い媚肉《びにく》のなかを突き進む。亀頭が完全に見えなくなり、太幹もどんどん呑みこまれていった。

「ううッ、は、入ってく……ううッ」

「あああッ、お、大きいっ」

信彦が呻けば、由紀恵も喘ぎ声を響かせる。ペニスはすべて女陰に収まり、二人の股間がぴったり密着した。

「お、俺は……由紀恵さんと……」

人妻とセックスしている。それを考えると頭のなかが熱くなり、ますます快感が大きくなった。

「はあンっ、すごい……奥まで届いてる」

由紀恵は両手を信彦の腹に置くと、根元まで挿入した状態で円を描くように腰をまわす。そうすることで、男根のありとあらゆる部分が媚肉にヌメヌメと擦られる。濡れ襞《ひだ》が絡みつき、太幹全体を締めあげてきた。

「くううッ、そ、それ、気持ちいい」

たまらず呻き声が溢れ出す。すると、由紀恵は膝の屈伸を使って、腰を上下に揺らしはじめた。

「ああっ、太いからすごく擦れる」

うっとりした顔で甘い声を漏らしている。亀頭が奥に当たるたび、下腹部が艶めかしく波打った。

「おおッ、し、締まるっ」

あまりの気持ちよさに黙っていられない。なにかしゃべっていないと理性が崩壊して、瞬く間に快楽の渦に呑みこまれそうだ。そのとき、後頭部がズーンッと重くなった。

(うっ……なんだ、この感じは?)

以前にも騎乗位で激しく腰を使われた経験がある。こうして股間にまたがった女性が、ヒップを打ちつけてくる感触に覚えがあった。

ただ、相手も場所もわからない。それでも女性の体重を感じながら、女壺でペニスを擦られる感覚は初めてではなかった。

(俺は、いったい誰と……)

わずかな記憶の糸を手繰り寄せようとしたとき、膣が収縮して男根が思いきり締めあげられた。

「くううッ、す、すごいっ」

快感が爆発的に膨らみ、思考が掻き消されてしまう。なにか思い出せそうだったのに、もうなにも考えられなくなっていた。

「信彦さんのが大きいから……あっ……あっ……」

由紀恵の腰の動きが少しずつ速くなる。たっぷりした乳房が上下に弾み、乳首が見るからに尖り勃っていた。

華蜜の量も増えており、股間はぐっしょり濡れている。彼女がヒップを弾ませるたび、湿った音が寝室の壁に反響した。快感は際限なく成長して、すべての感情を呑みこんでいく。

（も、もう……）

ここまで来たら遠慮する必要はないだろう。

信彦は両手を伸ばすと、乳房をゆったり揉《こ》みあげた。人妻の柔肉は蕩《とろ》けそうなほど柔らかく、指が簡単に沈みこむ。捏ねるようにして感触を楽しみ、大きめの乳輪をなぞってみた。

「はンンっ、そんな触り方されたら……」

由紀恵は息を乱しながらつぶやくと、腰の動きを速くする。肉柱の真上で女体を揺らし、亀頭を子宮口にぶつけるようにヒップを打ちおろしてきた。

「ああッ……ああッ……いい、いいのっ」

「お、俺も……俺も、おおおッ」

信彦も快感を告げて、双つの乳首を摘みあげた。途端に女壺がキュウッと収縮する。ペニスが絞りあげられて、いよいよ射精欲が膨らんだ。

「ゆ、由紀恵さん、くううッ」

もうそれほど持ちそうにない。次々に押し寄せる快感の波が、どんどん大きくなっている。結合部から響く湿った音と、彼女の唇から絶えず漏れている喘ぎ声も、信彦の欲望を煽《あお》り立てていた。

「いい、いいっ、あッ、あッ、あッ」

由紀恵の動きが加速する。リズミカルに腰を振り立てて、絶頂への急坂を駆けあがっていく。信彦もこらえきれなくなり、下から股間を突きあげた。

「おおおッ、おおおッ！」

彼女が人妻だということを忘れたわけではない。覚えているからこそ、背徳的な衝動に突き動かされてしまう。旦那のことも知っているから、なおさらどす黒い快感が膨張した。

「はああッ、もうっ、あああぁッ、もうダメっ」

「くううッ、由紀恵さんっ」

もう射精することしか考えられない。剛根を真下から突きあげると、騎乗位で腰を振っていた由紀恵の女体が仰《の》け反《ぞ》った。

「ひああッ、お、奥っ、あああッ、イ、イクッ、イックうううッ！」

亀頭が子宮口を強く叩《たた》き、ついに熟れた女壺が激しく痙攣《けいれん》する。剛根をこれでもかと食い締めて、狂乱のアクメへと昇りつめていった。

「ぬおおおおッ、出る出るっ、くおおおおおおおおおッ！」

彼女の絶頂に巻きこまれる形で、信彦もザーメンを噴きあげた。ペニスを根元まで埋めこみ、凄《すさ》まじく収縮する女壺の感触に酔いしれる。突きあげた腰を二度三度と痙攣させて、最後の一滴まで精液を注ぎこんだ。

「はああっ……」

由紀恵は騎乗位で深く達すると、脱力したように倒れこんできた。信彦に覆いかぶさり、女体をぴったり密着させる。息がかかるほど顔が近づき、二人は当然のように唇を重ねていた。

「ンンっ……信彦さん」

甘い吐息とともに、信彦は彼女の柔らかい舌を味わった。唾液を口移しに流しこまれると、夢中になって飲みくだす。頭の芯まで快楽に痺《しび》れて、膣に嵌《はま》ったままのペニスがヒクヒクと小刻みに痙攣していた。

「すごかった……あンンっ」

アクメの余韻を楽しんでいるらしい。由紀恵は結合を解くことなく、腰をいつまでもねちねち動かしていた。

6

いつしか由紀恵は寝息を立てていた。

口もとには満足げな笑みが浮かんでいるが、目尻には涙が滲《にじ》んでいる。一時の快楽に溺れて悲しみを忘れても、やはり胸中は複雑なのだろう。

(俺も、似たようなもんだな)

信彦は男根を引き抜き、由紀恵の女体を隣にそっと横たえた。

もう絶頂の余韻は消えている。先の見えない現実に戻って、思わず溜め息を漏らした。

不安だらけだが、それでも生きていかなければならない。自分を叱咤《しった》して、立ちあがろうとしたそのときだった。突然、後頭部がズクリと痛み、激しい目眩《めまい》に襲われた。

「くうっ……」

頭を抱えこんでうずくまった。

やがて目眩は重く鈍い痛みに変化する。なにかが脳裏に浮かびあがった。上に乗って一心不乱に腰を使っている由紀恵の姿だ。

（いや、違う）

由紀恵ではない。他の女だ。他の女が信彦の股間にまたがり、狂おしく腰を使っていた。

（あの女……くっ、どういうことだ）

そう思った途端、頭痛は治まり、イメージも消えてなくなった。

だが、間違いない。脳裏に浮かんだのはあの女だった。まるで過去に関係を持ったことがあるような感覚に襲われていた。これが妄想ではなく、失われた記憶の一部だとしたら……。

なにがあったというのだろう。いまだにわからないが、接点があったことは確かなようだ。

(俺とあの女は、いったい……うくッ)

思い出そうとすると、再び後頭部に重苦しい鈍痛がひろがった。

海の底から浮かびあがってくるように、古い記憶がゆっくり脳内のスクリーンに映し出された。

どこかの事務所のようだ。仕事の記憶だろうか。だが、なぜか明かりはついておらず真っ暗だ。信彦はペンライトを片手にしゃがみこんで、デスクの引き出しを開けていた。

さらに事務所の奥に進むと、大きな金庫があった。白い手袋を嵌《は》めた手で、鍵穴になにかを差しこんでいる。どうやらピッキングの道具らしい。

(なにをやってるんだ?)

これではまるで泥棒ではないか。

ピッキングのやり方など知るはずがない。テレビで見たことはあるが、自分でやったことはなかった。

（やるはずない……俺が泥棒なんか……）

心のなかでつぶやくが断言できない。なにしろ、記憶の一部は失われたままなのだ。

総務部に異動してから、どんな仕事をしていたのだろう。

思い出せそうで、思い出せないのがもどかしい。しかし、少しずつではあるが記憶が戻っている実感があった。

「由紀恵さん、俺、行くから」

信彦は脱ぎ捨ててあった服を身に着けると、寝息を立てている由紀恵に声をかけた。

「孝太郎が帰ってくる前に、綺麗にしておかないとまずいぞ」

「うん……」

気怠《けだる》げに身を起こした途端、はっとした様子で裸体を抱きしめる。由紀恵も現実に戻り、羞恥心がよみがえったらしい。耳まで真っ赤に染めあげて視線を逸らした。

「じゃあ……」

多くは語らず背を向ける。明日になれば、何事もなかったように日常が戻っているだろう。

たった一度きりの関係だ。二度三度と抱けば情が移る。きっと彼女もそのつもりのはずだった。

「信彦さん……ありがとう」

由紀恵の声を背中で聞いた。

感謝と多少の未練が入り混じった声だった。だが、信彦は未練に気づかぬ振りをして、背中を向けたまま右手をあげた。

第四章　夜の訪問者

1

空き巣が入ってから四日後――。

「ううっ」

この日も信彦は自分の呻《うめ》き声で目を覚ました。

布団の上で上半身を起こし、汗にまみれた首筋を手で拭った。

最悪の朝だ。全身に不快な汗が纏《まと》わりついている。Tシャツと短パンは、絞れるほど湿っていた。

（また同じ夢か……）

小さく息を吐き出すが、夢だとわかっても安堵《あんど》できなかった。まったく同じ夢を四日もつづけて見ている。こんなことは初めてだ。しかも、まるで経験したことのように、やけにリアルな夢だった。

信彦はどこかの施設で特殊な訓練を受けていた。

パソコンのプロテクトを解除する方法、警報機を無効にする方法、監視カメラに死角から接近して機能を停止させる方法。どんな鍵でも開けるピッキング技術や尾行のテクニック、さらには数人の暴漢に襲われたときの格闘術など、各分野の専門家たちに教育される場面が次々と脳裏に映し出された。

(まるでスパイじゃないか)

これが現実に行われた記憶の断片だとしたら、自分の半生は映画化できるのではないか。そう思うくらい、現実離れしたことだった。

「ふっ……馬鹿馬鹿しい」

鼻で笑い飛ばし、声に出してつぶやいた。

だが、その一方で「もしかしたら」という思いを完全に拭えないでいる。

突っこんできたスクーターから果穂を守ったり、空き巣を撃退できたりしたのは、特殊訓練を受けていたからではないか。記憶は失っていても、体に染みついたものが自然と出たのではないか。突飛な考えではあるが、絶対にないとは言いきれなかった。

（きっと、あいつのせいだ……）

こんな夢を見るようになったのは、あの女を見かけたからに違いない。

記憶もないし根拠もない。だが、確信めいた思いがあった。あの女がすべての鍵を握っている。どこの誰かもわからない。それでも、彼女に会えば失われた記憶が戻るような気がした。

（それにしても……）

今日は大丈夫だろうか。

ここ数日、福柴商店街では不穏な事件が頻発している。のんびりしていた空気が張りつめて、住民たちを不安がらせていた。

その日の夜、信彦は小料理屋あやにいた。

客は四人だけ。一番奥の席に権藤、その隣には由紀恵、そして信彦、果穂が座っていた。カウンターのなかには綾子が立っている。今夜は薄紫のぼかしに朝顔が描かれた着物姿だった。

つまりはいつものメンバーだ。代わり映えしない顔ぶれだが、やはり綾子と常連客が揃《そろ》うとほっとした。

だが、今日は少し雰囲気が違っている。普段なら笑い声が絶えない店内に、重苦しい空気が流れていた。

「やっぱり、なにか関係しているとしか思えない」

先ほどから何度も口にしている言葉だった。

酔って同じ話を繰り返しているわけではない。信彦の前に置いてあるビールは一杯目だ。まだ半分以上残っており、泡はほとんど消えていた。

「そんなに気にしなくてもいいと思いますよ」

綾子がやさしく声をかけてくれる。

カウンター越しに見つめてくる瞳が、以前よりも温かく感じたのは気のせいだろうか。穏やかな声が胸にすっと入りこんでくるが、その心地《ここち》よさに甘えてはいけないと自分を戒めた。

「そうよ、信彦さんが悪いわけじゃないもの。責任を感じる必要はないわ」

綾子に同調したのは由紀恵だ。隣の席から顔を覗《のぞ》きこむようにして、熱心に語りかけてきた。

「たまたま最初がノブちゃんの家だっただけでしょ。それがわたしの家だったとしても、同じことになってたよ」

果穂は努めて明るく振る舞っている。くるくるとよく動く瞳で、信彦の横顔を見つめていた。

「でも、こんなことになったのは、俺が退院してからだろ。タイミングはぴったりだ」

考えるほど自分のせいとしか思えなかった。

じつは信彦の家が狙われてから、近隣で四日つづけて空き巣事件が発生していた。福柴商店街で空き巣など、何年も聞いたことがなかった。しかも、被害に遭ったのは信彦が懇意にしている店ばかりだ。

「だから偶然だって。ノブちゃんの思いこみだよ」

果穂が元気づけようとしてくれるが、信彦は即座に首を振った。

「なにか捜してるものがあるんだ。俺の家になかったから、知り合いの家に隠してあると思ったんじゃないか」

憶測に過ぎないが、大きく間違ったことは言っていないだろう。信彦の家はあれだけ荒らされていたのに、なにも盗まれていなかった。通帳や印鑑も残されていたとなれば、なにか他に目的があったと考えるのが自然だろう。

「これ以上、迷惑はかけられない。だから……」

信彦は喉もとまで出かかった言葉をいったん呑《の》みこんだ。

福柴商店街を出ることも考えている。生まれ育った場所を離れるのはつらいが、仕方のないことだった。

「ずっと考えてたんだけど――」

「じゃあ、いずれ俺たちの家も狙われるってことだ」

意を決した信彦の声は、それまで黙っていた権藤に遮られた。

ラーメン屋の頑固親父《おやじ》は仏頂面になっている。胡麻塩《ごましお》頭に透けて見える地肌を赤く染めながら、お猪口《ちょこ》の日本酒をぐいっと飲んだ。

「ノブが空き巣を連れてきた。おまえさんが退院しなかったら、空き巣事件は起きなかった。つまり、おまえさんがいなけりゃ、空き巣もいなくなる。そういうことだよな」

信彦の心を見透かしたような言葉だった。

権藤は不機嫌さを隠そうとせず、手酌で熱燗《あつかん》をやっている。ひとりでかなり飲んでおり、すでに呂律《ろれつ》が怪しかった。

「ちょっと、権藤さん」

由紀恵が小声で窘《たしな》めた。

「ゴンちゃん、どういうつもり？」

果穂がむっとした様子で詰め寄った。カウンターのなかの綾子も、珍しく「飲みすぎですよ」と権藤のことをにらんでいた。

「どうもこうもねえ、俺たちは家族みてえなもんじゃねえか。なんで、俺たちの家に空き巣が来ねえんだよ」

「なに言ってんの？」

果穂が怪訝《けげん》そうに言い返す。由紀恵も綾子も首をかしげていた。

「だってよ、おかしいじゃねえか。ノブは俺たちの家族なんだ。真っ先に俺たちのところに来るべきだろうが、空き巣さんよぉ」

「意味わかんない。空き巣に入ってもらいたいわけ？」

「そんなこと言ってねえだろうが。ただよ、ノブには俺たち家族がついてるってことだ。迷惑だとか誰も思っちゃいねえ、つまんねえこと気にするんじゃねえよ。なあ、ノブ」

どうやら権藤なりに気を使っているらしい。そして、空になったお銚子《ちょうし》を綾子に向かって振って見せた。

「アヤちゃん、もう一本つけてくれ」

「もう……これで最後ですよ」

綾子はそう言いつつ嬉《うれ》しそうだ。そそくさと熱燗の準備をはじめた。

「権藤さん、わたしも家族に入ってるの?」

由紀恵が声を弾ませている。やはり楽しげに瞳を輝かせていた。

「バカ野郎、おまえなんか入ってねえよ」

「ああっ、さっきは俺たちって言ってたじゃない」

「あれは、ほれ、言葉の綾ってやつだ」

もう言ってることは滅茶苦茶だが、みんなが信彦のことを気にかけているのは間違いなかった。

(俺はひとりじゃない……ひとりじゃないんだ)

家族とまで言ってもらえて、胸が温かいもので満たされていく。だからこそ、みんなに迷惑をかけられなかった。

やはり空き巣は、信彦が持っている「なにか」を捜している気がする。でも、まったく見当がつかなかった。

（諦めるな、考えるんだ）

必死に思い出そうとするが、どうしてもわからない。

男たちはなにを捜していたのだろう。あの女、あの夢、それに総務部に異動してからの仕事。わからないことだらけだった。

（俺は、いったいなにを……）

なにか、まずいことにかかわっていたのではないか。真実に近づいている気はする。だが、あと少しのところで足踏みしていた。

（あの女に会えれば……）

どうすれば接触できるのだろう。彼女と話すことができれば、すべての歯車が嚙《か》み合うはずだ。

女の端正な顔を思い浮かべながら、気の抜けたビールを一気に飲み干した。

2

（尾《つ》けられてる……）

そう感じたのは、やはり特殊訓練を受けたせいだろうか。

信彦があやを出たのは、夜十一時過ぎだった。ビールを少し飲んだだけで、さほど酔っていない。感覚が狂うほどではなく、むしろ神経は通常よりも張りつめていた。

夜の商店街はまったく人通りがなく、自分の足音だけがアーケードに響いていた。ところが、耳に意識を集中させると、自分の足音に他の小さな音が重なっている。これは足音を消す尾行のテクニックだ。

信彦は背後に気配を感じながらも、そのままペースを変えることなく歩きつづけた。尾行に気づいたことを悟られてはいけない。時間稼ぎをしながら、冷静に対処法を考えるのがセオリーだ。

（どうして、俺にそんなことがわかるんだ？）

訓練を受けたからこそ、わかることではないか。ほぼ確信しながら、信彦は自動販売機の前で立ち止まった。

ポケットから財布を取り出し、缶コーヒーを購入する。その一連の動作のなかで、歩いてきた商店街をさりげなく確認した。

この時間はどこもシャッターをおろしているので、とっさに店内に隠れることはできない。路地か自動販売機の陰くらいしか、身を隠せる場所はなかった。先ほど微《かす》かに聞こえた足音も加味して考えた。

（ひとり……か）

おそらく尾行者は一名のみ。だが、油断は大敵だ。強力な武器を所持している可能性も否定できなかった。

いずれにせよ、敵を引きつけなければ対処できない。信彦が武器として使えるのは、今、手にしている缶コーヒーだけだ。危害を加える気があるなら必ず接近してくる。そのときが勝負だ。

再び家に向かって歩きはじめる。背後を意識しつつ、あくまでも気づいていない振りを装った。家の横の通路に入り、外階段をあがっていく。背後から気配が近づいてくる。徐々に距離を詰めてくるのがわかった。

（もう少し……もう少し引きつけるんだ）

玄関のドアを開けて入ろうとしたとき、気配が急速に迫ってきた。

凶器を突きつけて押し入るつもりに違いない。背後から首に腕をまわされた瞬間、信彦はとっさに体勢を低くして投げ飛ばした。

「ふんッ！」

意外に軽い。結果として部屋のなかに投げ入れたことになる。明かりがついていないのでわかりづらいが、仰向《あおむ》けに倒れている尾行者は、黒ずくめの服で目出し帽をかぶっていた。

「どうして、俺を尾けてき――」

質問の途中で、いきなり拳を突きあげてくる。信彦は抜群の反射神経で躱《かわ》すと、手に持っていた缶コーヒーを相手の顔面に振りおろした。

ゴツッ――。

硬い感触が伝わってくる。直撃する寸前で避けられて、缶は板張りの床を叩《たた》いていた。

床を転がった尾行者は、すでに起きあがって身構えている。信彦が体勢を立て直すよりも早く、脚を大きく振りあげた。テコンドーのネリチャギ、いわゆる踵《かかと》落としだ。

脳天に食らったら意識が飛ぶ。とっさに頭の位置をずらし、大きく一歩踏み出した。振りおろされた脚が鎖骨に当たる。踵ではなくふくらはぎなので、衝撃はあるがダメージは少ない。そのまま肩から体当たりを食らわせた。

「ううッ！」

吹っ飛ばされた相手は、背中から壁にぶつかった。後頭部を打ったらしく、脱力してずるずると崩れ落ちた。

(あ、危なかった……)

信彦も全身から力が抜けて、へたりこみそうになる。そこで我に返り、大きく息を吐き出した。

たった今、起こったことはもちろん覚えている。しかし、自分が自分でないような不思議な感覚だった。

目の前では、尾行者が壁にもたれかかって座りこんでいる。黒いジャージの上下に目出し帽という姿はいかにも不審者だ。表情はわからないが、目を強く閉じていた。

(こいつ、何者なんだ)

信彦は電気をつけて慎重に歩み寄ると、目出し帽を奪い取った。

「あっ!」

顔を見た途端、大きな声をあげていた。

ダークブラウンのミディアムヘアにシャープな顎のライン。あの女に間違いなかった。

どうりで体重が軽かったはずだ。投げたときも、体当たりしたときも、ほとんど手応えがなかった。だが、正拳突きと踵落としには殺気すら漂っていた。普通の男なら簡単にやられていたのではないか。

（俺は、普通の男じゃないのか……）

信彦は思わず苦笑を漏らしていた。

自分で自分のことがわからない。生まれも育ちも福柴商店街で、妻に先立たれた男やもめである。兼丸商事に勤務するサラリーマンだが、どんな仕事をしていたのかは覚えていなかった。

（でも、この女がなにか知っているはずだ）

まさか向こうから来るとは思いもしない。もしかしたら、彼女もあの男たちのように「なにか」を捜しに来たのではないか。

「うっ……ううっ」

そのとき、女が苦しげな声を漏らした。

後頭部に右手をまわして唸《うな》っている。しばらく壁に打ちつけた頭を擦《さす》っていたが、はっとした様子で動きをとめた。どうやら、目出し帽を取られていることに気づいたらしい。

「ふ……藤原さん」

目を開けて信彦の顔を見るなり、はっきり苗字《みょうじ》をつぶやいた。そして、うろたえた表情で視線を逸《そ》らす。なにか言いたげに唇を開くが、すぐに真一文字に引き結んだ。

「どうして俺の名前を……あんた、誰なんだ？」

信彦は思わず詰め寄った。

「なにか知ってるんだろ。俺になにがあったんだ。俺はあの会社でなにをやっていたんだ」

矢継ぎ早に言葉を浴びせかけるが、彼女はなにも答えない。そのうち眼光は鋭さを取り戻し、開け放ったままの玄関を気にしはじめた。

「ドア、閉めて」

「なんだって？」

「早くドアを閉めて」

声が切羽つまっている。口調はきついが、怯《おび》えが入り混じっていた。なにか事情があるようだ。

「誰かに追われてるのか？」

問いかけるが女は答えない。このままでは会話にならなかった。

信彦は女を警戒しつつ、玄関ドアを閉めて鍵をかけた。ついでにチェーンロックもかけると、ある程度の距離を保って女と向かい合った。

「これでいいか？」

「ありがとう……」

少しほっとした様子で女がつぶやいた。

「わたしのこと、わかる？」

病室で聞いたのと同じ台詞《せりふ》だ。女の清流を思わせる声音が、鼓膜をやさしく振動させた。

「わかるわけ——うッ！」

言い放とうとしたとき、なにかが脳裏に浮かんだ。

「ま……まや」

意味はわからない。とにかく、ふと脳裏に浮かんだ言葉をつぶやいた。すると、女の顔がぱっと明るくなった。

「そう、摩耶《まや》、わたし摩耶よ。やっと思い出してくれたのね」

「まだ……ううっ」

いきなり、後頭部がズーンッと重苦しく痛んだ。思わず頭を抱えこみ、背中を丸めて低く唸った。

「大丈夫？」

摩耶と名乗った女が、すかさず立ちあがって肩を貸してくれる。そして、奥の部屋に信彦を連れていった。

「ゆっくり座って」

壁に寄りかかるように座らせてくれる。信彦は頭を抱えたまま、眉間に皺《しわ》を寄せていた。

（まや……摩耶……）

知り合いだった気がする。それも、かなり親密な関係だったのではないか。肩を抱かれて触れた瞬間、胸の奥が熱くなった。

「どこまで思い出したの？」

摩耶もすぐ隣に座り、壁に背中を預けた。

「君のことは、なんとなく……」

「名前は思い出してくれたのよね」

「頭に浮かんだだけで、他のことは……」

信彦が答えると、彼女は悲しげな顔になった。なんだか申しわけない気がして、慌てて言葉を継ぎ足した。

「なんとなくだけど、すごく親しかった気がする。車……そうだ、車のなかで会ったことがある。確か夜だった」

話しているうちに、またしても記憶の断片が脳裏に浮かんだ。

夜、車のなかで話した記憶がある。どこでなにを話していたのだろう。あのとき、摩耶は深刻な顔をしていた。

「そうよ、わたしたちはいつも車のなかで会っていたの。人目を避けるために」

「人目を避けるため？」

信彦の記憶を呼び覚まそうとしているのか、摩耶はなかなかすべてを話そうとしなかった。

「くっ……」

頭のなかが蠢《うごめ》いている感覚に襲われる。記憶の歯車が回転しているのかもしれない。もう少しでカチッと音を立てて嚙み合いそうな気がする。少しずつ確実に、その瞬間が迫っていた。

「君は味方……なんだよな？」

「そうね。わたしは味方以上だと思ってる」

摩耶の口調は淡々としている。「味方以上」とはどういう意味だろう。とにかく、彼女は努めて冷静に振る舞っている気がした。

「それなのに、どうして襲ってきたんだ？」

突然、背後から攻撃されたので、身を守らなければならなかった。ほとんど無意識に反撃したが、女性だとわかっていたら手加減していた。

「藤原さんに思い出してもらいたかったから」

「格闘術を？」

「他にもいろいろ……わたしのことも含めて」

摩耶はひどく言いにくそうだった。

襲ってきたのは信彦を目覚めさせるための強硬手段だったらしい。訓練を受けていたからこそ、とっさに対抗することができたのだ。

（そうか……あの夢は本当にあったことなんだ）

少しずつ記憶がよみがえってくる。会社から指示されて訓練を受けた。あらゆる状況に対処できるように、様々な技術の習得が義務づけられていた。すべては任務のためだった。

（任務……俺の仕事……俺はいったい、なにをしていたんだ？）

だいぶ真実に迫っている気がする。あと一歩だ。だが、そこから先がどうしてもわからなかった。

「この間、見かけたぞ。どうして逃げたんだ」

「あなたが混乱するからよ」

摩耶の口調はきっぱりしていた。

「自分で思い出さなければ必ず混乱する。わたしたちは、それだけのことをしてきたの」

二人でなにかをやったらしい。よくわからないが、摩耶の言葉は信彦を黙らせるだけの迫力に満ちていた。

「それなら、君のことを教えてくれないか」

彼女の話を聞けば、頭のなかの歯車が嚙み合うかもしれない。そんな信彦の意図を察したのか、摩耶は静かに語りはじめた。

五十嵐《いがらし》摩耶、二十九歳。かつて兼丸商事の営業部に在籍していたが、夫を事故で亡くしたことがきっかけで、総務部に異動になったという。

「俺と、同じだ……」

「わたしが総務部に行ったのは四年前よ。藤原さんの下について、いろいろ教わったわ」

「俺といっしょに働いていたのか？」

「わたしは半年前に退職したから、三年半だけね」

そう言われてみれば、そんな気もしてくる。頭のなかの靄《もや》が少しずつ晴れていくように、徐々に記憶が戻ってきた。

「そうだ……俺は総務部の特務課にいたんだ」

思い出した途端、眉間に深い皺を刻みこんだ。

総務部特務課——信彦や摩耶のように、身寄りのない者ばかりで構成された部署だった。表向きは雑用をこなす窓際部署ということになっている。だが、実際は表に出せない裏の仕事を請け負う部署だった。

十年前、両親と妻を立てつづけに亡くし、信彦は自暴自棄になっていた。仕事への気力がなくなり、退職するつもりだった。上司に相談すると、特務課への異動を打診された。

ライバル会社から情報を盗んだり、こちらの嘘《うそ》の情報を流したり、ときには裏取引をしたり、ハッキングしてデータを改竄《かいざん》することもあった。ネット環境に接続していないパソコンの場合は、他社に潜入して直接データを盗むという危険なともしていた。

「俺は……あんな仕事を……」

記憶が戻るほどに、顔から血の気が引いていくのがわかった。

「どこの会社も似たようなことはやってるわ。程度の差はあるけど」

確かに摩耶の言うとおりだ。

しかし、いったん職務から離れて思い返すと、恐ろしくなってくる。犯罪すれすれ、いや、もはや犯罪としか言えない職務がいくつもあった。

基本的に殺し以外ならなんでもやる部署だ。それでも、天涯孤独の身となり、捨て鉢になっていた信彦にぴったりの仕事だった。

当時は会社のためという大義名分のもと、きわどい職務を遂行してきた。家族を失った信彦にとって、「誰かのために」になるというのがモチベーションだった。請われて働くのが、なによりの喜びだった。

「でも……」

実際は思っていた仕事とかけ離れていた。そのことを後になって知り、愕然《がくぜん》とした覚えがあった。

「なにかが違ったんだ」

「そう、全然違っていたの。藤原さん、思い出して」

摩耶が縋《すが》るような瞳を向けてくる。信彦の腕を摑《つか》み、なにかを恐れて懸命に訴えかけてきた。

「ま……摩耶さん」

以前にも見たことがある。この瞳に心を動かされて、会社の操り人形だった信彦は目を覚ましたのだ。

「摩耶さん……摩耶……」

そう、信彦は彼女のことを「摩耶」と呼んでいた。

「部長だ……江原に騙《だま》されていたんだ」

ふと上司の顔を思い出す。仕事の指示はすべて江原からおりてきた。当初、悲しみのあまり考えることを放棄していた信彦は、上司の指示を疑いもせず実行していた。

「でも、あいつは……」

「江原は私腹を肥やしていた」

摩耶は憤怒を滲《にじ》ませた瞳で頷《うなず》き、憎々しげに言い放った。

彼女も会社のためと思い、散々汚い仕事に手を染めてきた。だが、江原は部下が苦労して手に入れた他社の情報を、会社のためではなく自分のために使っていた。盗んだ情報を高額で横流ししていたのだ。

先に利用されていると気づいたのは摩耶だった。

半年前、摩耶は会社をやめて姿を消した。江原にも兼丸商事にも、二度とかかわるつもりはなかったという。

「君は俺の前から黙っていなくなったんだ」

つき合っていたわけではない。だが、互いに伴侶を亡くし、さらに人には言えない特殊な任務についていた。芽生えた仲間意識が、特別な感情に変化していたのは事実だった。

「仕方なかったの。藤原さんに迷惑をかけたくなかったから」

摩耶の言葉がすっと胸に入りこんでくる。信彦が商店街のみんなに言った台詞とまったく同じだった。

「ただ静かに暮らせればよかった。それなのに……」

紀伊《きい》半島のとある港町で、人目を避けるように暮らしていた。コンビニでパートをしながら、平穏な日々を過ごしていたという。

ところが、周辺で黒いスーツの男たちを、たびたび見かけるようになった。摩耶は江原に依頼された連中だと直感した。身の危険を感じて散々迷ったが、結局、信彦に連絡を取った。

「藤原さんしか頼る人がいなかったから……」

「覚えてる。いや、思い出した。電話してくれて嬉しかったよ」

大阪出張があったとき、摩耶と落ち合って話を聞いた。

最初は半信半疑だったが、信彦としても不審に思うところはあった。その後も出張のたびに時間を作り、入念な打ち合わせを重ねた。

江原はパソコンを何台も使っており、用心深くネット環境に接続していないものもあった。そして会社の金庫に隠してあったノートパソコンを発見し、ついに不正の証拠を盗み出すことに成功した。

情報を横流しした顧客の詳細なデータだった。

特務課で習得した技術を駆使したのは言うまでもない。結果として、江原は自分で自分の首を絞めることになっていた。

「思い出した……全部、思い出したよ」

ついに記憶の歯車が噛み合った。

靄に包まれていた部分が鮮明な映像となり、頭のなかで再生される。最初に浮かんだのは、事故に遭う直前、摩耶に会ったときの記憶だった。

3

大阪への出張が決まった。

信彦はこれまでどおり、何事もなかったように働いていた。江原を油断させるためだった。

不正の件を会社の上層部に訴えるつもりはない。特務課の業務内容を社外に漏らせない以上、間違いなく事件は闇に葬られる。そうなったら、江原は社内で処分されるだけだ。

汚い仕事をさせられてきた信彦と摩耶が、それで納得できるはずがない。簡単に終わらせるつもりはなかった。

不正の証拠は、摩耶がマスコミ各社に送る準備をしていた。さらにはインターネット上に流出させるつもりだ。信彦は顧客データが入ったUSBメモリーを持って、何食わぬ顔で出張先へ向かった。

昼間はいつもどおり仕事をこなした。

社用車を使って、江原に指示された企業を見てまわった。言われたとおりに情報を盗むだけなので、本当の仕事なのか不正に荷担させられているのかわからない。とにかく、成功させるには入念な下調べが重要だった。

夜中の様子もチェックする必要があるので、社用車を借りたままホテルに戻って休憩した。そして、夜になると摩耶が住む港町に向かった。アパートの前で彼女を拾い、人気《ひとけ》のない港に移動して車を停《と》めた。

満月の夜だった。

月明かりが海を照らしている。緩やかな風が吹き抜けるたび、水面がキラキラと幻想的に反射した。もし恋人同士で来たのなら、きっとロマンティックな気分に浸ることができただろう。

「例のものは?」

「持ってきた」

信彦はジャケットの内ポケットからＵＳＢメモリーを取り出した。

フロントガラス越しに差しこむ月光に翳《かざ》してみる。これを渡したら、もう摩耶と会えなくなるのだろうか。

そう思うと、渡すのが少し惜しくなった。

「藤原さん？」

「おう……」

USBメモリーを差し出した。

ところが、摩耶は受け取ろうとしなかった。ただ海をじっと眺めている。横顔が淋《さび》しげに映ったのは気のせいだろうか。

今夜はグレーのタイトスカートに白いブラウス、その上に濃紺のパーカーを羽織っている。地味な格好だが、スカートの裾から膝がわずかに覗いており、ブラウスの胸もとはこんもり盛りあがっていた。

「ねえ、知ってる？」

摩耶の声は凪《な》いだ海のように穏やかだった。

「不安な状況で出会った相手とは、恋に落ちやすいって話……」

「吊《つ》り橋効果だろ」

「そう、それ。どう思う？」

声のトーンが少し高くなる。助手席から強い視線を感じたが、あえて気づかない振りをした。

まだ終わっていない。ここで気を抜いたら、すべてが無駄になる。それだけではない。江原の息がかかっていると思われる連中が、摩耶のまわりをうろついている。彼女の身に危険が迫っているのだ。

「俺は信じてないね」

信彦はフロントガラス越しに海を見つめたまま、ぽつりとつぶやいた。

摩耶が身体《からだ》を硬くするのがわかった。そして、小さく息を吐き出すと、それきり黙りこんでしまった。

右手のなかにはＵＳＢメモリーがある。

これを渡してしまったら、摩耶をアパートに送り届けなければならない。数日後には江原の悪事が様々なメディアで報じられて、兼丸商事も大騒ぎになるのは間違いない。そうなったら、念のためしばらく彼女と連絡を取るのは控えたほうがいいだろう。

（いいのか、それでも……）

自分の胸に問いかける。

江原を告発した後、会社を辞めるつもりでいた。なにもしなければ、摩耶との距離はどんどん離れていくだろう。

（本当にそれでもいいのか）

心のなかで繰り返した。

もう自分に嘘はつきたくない。信彦はUSBメモリーを内ポケットに戻すと、助手席に向き直った。

「俺の持論だけど――」

穏やかな声で切り出した。

摩耶は正面の海を見つめている。憂いを帯びた横顔が、月明かりにぼんやり照らされていた。

「吊り橋効果で好きになるくらいなら、普通の状態で出会っても惹《ひ》かれるんじゃないか」

聞こえているのかいないのか、摩耶は前を向いたまま反応しない。それでも信彦は話しつづけた。

「俺がそうだったんだ」

「……え?」

摩耶の唇から戸惑った声が溢《あふ》れ出す。青白い月光のなかで、切れ長の瞳が微かに揺れた。

「でも、君は亡くなった旦那のことを想っているかもしれない。だから、遠慮していたんだ」

自分の気持ちを遠まわしに伝えてみる。すると、彼女はゆっくりこちらに顔を向けた。

「わたしも、遠慮していたわ。藤原さんのなかには、今でも奥さんがいるんじゃないかって」

今度は信彦が戸惑いの声を漏らす番だった。

江原を告発するという共通の目的を持ち、少しずつ心の距離が縮まっている気はしていた。だが、以前から想われていたとは意外だった。

「でも、もう遠慮するのはやめにするわ」

摩耶が身を乗り出してくる。ドライバーズシートの信彦に覆いかぶさり、いきなり顔を寄せてきた。

(ま……まさか……)

唇が触れた瞬間、心臓が跳ねあがった。

摩耶と口づけを交わしている。こうなることを望んでいたが、突然、実現したことで動揺していた。

溶けそうなほど柔らかい唇だった。表面が軽く触れているだけで、夢見心地になってしまう。信彦は目を見開いたままで固まり、指一本動かすことができずにいた。

「ンっ……」

摩耶は微かな声を漏らしながら、唇をぴったり合わせている。やがて舌を伸ばして、信彦の唇に這《は》わせてきた。

(こんなときなのに……)

キスをしている場合ではない。大切なUSBメモリーを渡しに来たのだ。それなのに、摩耶を押し返すことができなかった。

無意識のうちに唇を半開きにしてしまう。すると、それを待っていたかのように、彼女の舌がヌルリと入りこんできた。

「はンンっ」

芳しい吐息が口内に流れこんで鼻に抜けていく。摩耶の舌が上顎をくすぐるように舐《な》めて、さらには戸惑っている信彦の舌を搦《から》め捕った。

「あふっ……はむンっ」

粘膜同士が擦《こす》れ合い、得も言われぬ快感が押し寄せる。キスがこれほど気持ちいいとは、この年になるまで知らなかった。

（本当にこんなことをしている場合じゃ……）

　そう思うほどに気分が盛りあがってしまう。

　よくよく考えてみれば、妻が亡くなってからキスをしていない。じつに十年ぶりの口づけだった。

　まったく誘いがなかったわけではない。だが、人と深くかかわることを避けてきた。大切な人を失いたくないという気持ちが強すぎて、無意識のうち距離を置く癖がついていた。

　でも、摩耶は特別だった。自分と似た境遇の彼女に出会ったことで、気持ちが大きく揺さぶられた。彼女がときおり見せる悲しげな瞳が気になると同時に、なんとかしてあげたいと思った。

「ま、摩耶……んんっ」

　名前を呼ぶことで、さらに気分が高揚する。信彦も積極的に舌を伸ばして、ディープキスをしかけていた。

「はあンっ、藤原さん」

　胸板に添えられていた彼女の手が、ゆっくり下におりていく。そして、スラックスの上から股間に重なった。

「うっ……」

小さな声が漏れるが、唇は塞がれている。舌を吸われながら、股間をねっとり擦られた。

「うむっ」

瞬く間にペニスが膨らみ、スラックスの前があからさまに盛りあがった。

羞恥がこみあげるが、少し誇らしくもある。この十年、ほとんど性欲を感じることはなかった。男としては終わったような気がしていた。それなのに、まだこんなにも元気なのが嬉しかった。

「不安なの……」

唇を離した摩耶が囁《ささや》いた。

「わかるよ。俺も不安だ」

信彦も自分の気持ちを口にする。弱みは見せたくなかったが、彼女の前では素直になれた。

「もうこんなに……苦しそうね」

摩耶の声が少し柔らかくなった。

月明かりが逆光になっているため、表情は確認できない。それでも、微笑《ほほえ》んでいるのが声の感じでわかった。

彼女はベルトを外すと、スラックスをおろしにかかる。その様子を、信彦は期待に胸を膨らませながら眺めていた。

「勘違いしないでね。わたし、誰とでも寝るような女じゃないから。藤原さんだからよ」

「ああ、わかってる」

おそらく、摩耶も夫と死別してから孤独に生きてきたはずだ。同じ悲しみを抱えているからこそ、言葉を交わさなくても理解できた。

やがてスラックスとボクサーブリーフが膝まで引きさげられて、屹立《きつりつ》したペニスが勢いよく跳ねあがった。肉胴は野太く漲《みなぎ》り、亀頭は破裂しそうなほど張りつめていた。

「すごいわ……」

摩耶が溜《た》め息混じりにつぶやき、熱い眼差《まなざ》しを注いでくる。視線を感じたことで、肉柱はクンッと頭を振って反り返った。

(どうなってるんだ?)

信彦もこれほど勃起したところを見るのは久しぶりだ。すると、根元にすっと指が巻きついてきた。

「うっ……」

「こんなに熱いなんて」

息がかかる距離で覗きこみ、熱っぽく囁いてくる。そして、摩耶の白くて細い指が、バットのような太幹をゆるゆるとしごきたててきた。

「だ、誰かに見られたら……まずいんじゃないか」

信彦はすぐにこの街から離れるので、誰かに見られたとしてもさほど気にならない。だが、彼女はしばらくここに留《とど》まるのだ。住みづらくなったら申しわけなかった。

「大丈夫。こんな時間、誰も港に来ないから」

摩耶は気にする様子もなく、ペニスをしごきつづける。カリに指が当たるたび、腰に震えが走って先走り液が溢れ出した。

「ううっ……そ、そこは……」

「わたしも、もう……」

なにやら息遣いが荒くなっている。摩耶も昂《たかぶ》っているのか、スカートのなかに手を入れると、パンティをおろして抜き取った。そして、レバーを引いてドライバーズシートを倒し、いきなり股間にまたがってきた。

「ま……摩耶？」

「もう我慢できない……こんなに大きなの見せられたら」

太幹をしっかり握ると、先端を自分の股間に押し当てる。スカートを穿《は》いているので、はっきり見えない。しかし、亀頭が柔らかくて湿った部分に触れているのは伝わってきた。

「欲しい……藤原さんが」

「摩耶、俺も……」

月明かりが差しこむ車内で、二人は視線を絡ませる。それだけで気持ちがひとつになり、身体も繫《つな》がりたいという欲望が膨れあがった。

「あっ……ああっ」

摩耶がゆっくり腰を落としはじめる。クチュッという湿った音がして、亀頭が膣口《ちつこう》にめりこむのがわかった。

「くうッ、は、入る……おおおッ」

「はああッ、お、大きいっ、あああッ」

信彦の呻き声と摩耶の喘《あえ》ぎ声が同時に響いた。

「ま、摩耶のなかに……うむむッ」

じつに十年ぶりのセックスだ。全身の血液がいっせいに沸き立つような興奮が押し寄せる。一気に全身が熱くなり、腹の底から雄叫《おたけ》びがこみあげた。

「ぬおおおおッ！」

妻以外の女性と繋がっていることが信じられない。罪悪感で胸が微かに痛んだが、うねる膣襞《ちつひだ》が亀頭に絡みつき、快感がすべての感情を呑みこんでいく。無数の濡れ襞が蠢き、尿道口やカリ首をくすぐっていた。

「あッ……あッ……入ってくる」

「くううッ、す、すごいよ」

まるでペニスを奥に引きこむように、膣道全体が蠕動《ぜんどう》している。結合がどんどん深まり、ついには長大な肉柱がすべて彼女のなかに収まった。

「あううっ……こんなに奥まで」

自分からまたがっておきながら、摩耶が不安げな声を漏らしている。彼女も夫を亡くして以来のセックスなのだろう。久しぶりの刺激に身体が驚き、先ほどから下腹部が波打っていた。

「ふ、藤原さんと……あンンっ」

潤んだ瞳で見おろして、ぴったり密着させた股間をグリグリまわす。そうすることで、根元まで埋まったペニスが膣内を攪拌《かくはん》した。

「くうッ、な、なかで擦れてる」

「尖《とが》ったところが当たって……はあンッ」

張り出したカリが膣壁にめりこんでいるらしい。それが気持ちいいのか、摩耶は切なげな表情で腰をまわしつづけた。

繋がっているところが見たくて、スカートをまくりあげる。すると、暗さに慣れてきた目に、彼女のぽってりとして肉厚な恥丘が映った。陰毛が小判形に手入れされているのは、こうなることを望んでいたからではないか。最初からセックスするつもりで、信彦を港に誘導したのかもしれなかった。

「見ないで……ああンっ」

口ではそう言いつつ、とくに隠そうとはしない。それどころか、自らパーカーを脱いで、ブラウスのボタンを外しはじめた。前がはらりと開いて、白いブラジャーが露《あら》わになる。薄闇のなかで、白い谷間が輝いて見えた。

信彦は迷わず彼女の背中に手をまわすと、ブラジャーのホックを探った。プツリッと外した途端、カップが弾《はじ》け飛んで豊満な乳房がまろび出た。たわわに実った双乳は、男に揉《も》まれるのを待っているように張りつめている。先端では桜色に色づいた乳首が揺れていた。

「こ、これは……」

生の乳房の迫力が、眠っていた牡《おす》の本能を揺さぶった。信彦は吸い寄せられるように手を伸ばし、目の前の双乳を無遠慮に揉みまわしていた。

「あンっ、そんなにされたら……はああンっ」

乳首を指の股に挟みこみ、刺激を与えながら柔肉の感触を堪能《たんのう》する。捏《こ》ねまわすたびに、女壺に挿入した男根がヒクついた。

「あっ、なかで動いて、ああっ」

摩耶が腰を上下に振りはじめる。狭い車内で前屈《まえかが》みの苦しい体勢だが、それでも欲望に突き動かされてヒップを弾ませた。

「ンぁっ、藤原さんと、こんなこと……はああッ」

彼女の興奮が伝わるから、信彦の気持ちもますます高まっていく。ペニスは棍《こん》棒《ぼう》のように硬くなり、女壺の最深部まで到達していた。

「ふ、深いっ、ああッ、ああッ」

摩耶の動きがいっそう激しさを増していく。豊満なヒップをリズミカルに振りたてて、パンッ、パンッという小気味いい音が響き渡る。肉柱が出入りを繰り返し、快感が凄《すさ》まじい勢いで膨れあがった。

「くおおッ、こ、こんなに情熱的だったなんて……」

「だ、だって、これが最後かもしれないから、あああッ」

多くは語らないが、彼女の気持ちはしっかり伝わってきた。

摩耶は江原に監視されている。事故に見せかけて命を奪うくらい、やりかねない男だ。おそらく、彼女は死を覚悟している。これが最後の情交になるかもしれない。そう思うからこそ、異常なほど燃えあがるのだろう。

「腰がとまらない、ああッ、あああッ」

双臀《そうでん》を振りたくり、あられもない嬌声《きょうせい》を振りまいている。車全体が軋《きし》んで揺れるほどの凄まじい騎乗位だ。信彦はほとんど動けないが、それでも彼女の腰振りに合わせて股間をしゃくりあげた。

「おおッ、おおおッ」

「あッ、あッ、いい、いいっ」

月光が降り注ぐなか、二人は息を合わせて昇りはじめる。

いつ死ぬかわからない。だからこそ、今この一瞬を全力で駆け抜けたい。この熱い想いを無駄にしたくなかった。

信彦はたっぷりした乳房を揉みまくり、尖り勃《た》った乳首を指に挟みこんで刺激した。摩耶は切なげに眉を歪《ゆが》めると、ついには歓喜の涙を流しながら腰を振りたくった。

「あああッ、も、もうっ、はあああッ」

「お、俺もだ、ぬうううッ」

なにしろ、お互いに久しぶりのセックスだ。全身が火だるまになったように熱くなる。男根が限界まで膨張して、女壺はキュウッと収縮した。

「ダ、ダメっ、わたし、もうっ、ああああッ」

摩耶が腰を振りまくる。一心不乱に絶頂を求めて、勢いよくヒップを打ちおろした。

「おおおッ、で、出るっ、おおおおッ、出すぞっ」

「あああッ、来て、はああああッ、奥に出してぇっ」

彼女の声が車内に響き渡り、信彦はついに欲望を解放する。股間を突きあげると同時に、沸騰した白濁液を噴きあげた。

「はあああッ、い、いいっ、イクッ、イクイクッ、あああああああッ！」

摩耶も同時に昇りつめる。子宮口に白いマグマの直撃を受けて、尻たぶをビクビク震わせた。目も眩《くら》むようなエクスタシーの大波が押し寄せたかと思うと、二人を一瞬で呑みこんだ。

信彦は十年ぶりのセックスで、危うく気を失うほどの絶頂感に酔いしれた。摩耶は絶叫にも似たよがり泣きを振りまき、全身を硬直させたかと思うと、胸板にどっと倒れこんだ。

「も、もう……はああンっ」

もしかしたら、意識が飛んでいるのかもしれない。信彦は女体をしっかり抱きしめると、股間をしゃくりあげて絶頂の余韻に浸っていた。

「あ……あ……」

摩耶が切れぎれの喘ぎ声を漏らしている。

彼女の火照った身体を抱いていると、この時間がとてつもなく貴いものに感じられた。

赤信号でブレーキを踏んで車を停止させた。

この交差点を越えたら、摩耶のアパートについてしまう。江原の悪事が公になり、兼丸商事は大騒ぎになる。会社はどこから情報が漏れたのか、必死になって調査するはずだ。信彦は細心の注意を払って行動しなければならなくなる。会いに来ることはもちろん、電話も控えたほうがいいだろう。

摩耶も下手《へた》に動くことはできない。何事もなかったように、この港町でひっそり暮らしつづける予定だ。ほとぼりが冷めるまで、少なくとも数か月は会うことができなくなるだろう。

「これを……」

信彦はジャケットの内ポケットからUSBメモリーを取り出すと、助手席の摩耶に差し出した。

「どちらかに万が一のことがあった場合――」

「そんなこと言わないで」

悲痛な声だった。

危ない橋を渡ろうとしているのは、最初からわかっていたことだ。だが、情が移ったことで、より危険度は増していた。

「最悪の場合だ。そのときは、生き残ったほうが奴《やつ》を告発するんだ」

言い聞かせるように言うと、彼女はこっくり頷いて、震える手でUSBメモリーを受け取った。

「こいつには特殊なプロテクトがかかっている。今から解除方法を教えるから、メモには取らず覚えるんだ。いいか――」

そこまで言ったとき、横道から猛スピードでダンプカーが走ってきた。目の前を横切るのかと思いきや、急ハンドルを切って向かってくる。目を見開いた摩耶の顔が、ダンプのヘッドライトに照らされた。

突然、目に映るものが色を失い、すべてがスローモーションになった。信彦はとっさに助手席のドアを開くと、摩耶の身体を思いきり突き飛ばした。

その直後、轟音《ごうおん》が響いて、激しい衝撃が全身に襲いかかった。摩耶の泣き叫ぶ声が遠くに聞こえた。だが、はっきり聞き取ることはできず、意識は暗闇に塗り潰されていった。

4

「あのとき、なんて言ったんだ?」

意識を失う直前、彼女が叫んでいた言葉が気になった。

「いいでしょ……もう」

摩耶は視線を逸らすと、話を打ち切るように睫毛《まつげ》を伏せた。

プロテクトの解除方法を尋ねたわけではないだろう。だからこそ、聞きたかったのだが、彼女は口を閉ざしてしまった。

いずれにせよ、あのダンプカーは江原の指示によるものに違いない。

江原はUSBメモリーを捜していた。信彦がデータを盗み出したことに気づいたのだろう。パソコンに仕掛けがあったのか、どこかに監視カメラがあったのか、とにかくあの事故で計画が大きく狂ってしまった。

USBメモリーのプロテクトを解除できるのは信彦だけだ。データが取り出せなければ、江原の悪事を告発することはできなかった。

ただ、プロテクトがかかっていたことで、摩耶は狙われずにすんだ。

悪事の証拠がどこにも流出しないことから、江原はまだ信彦がUSBメモリーを持っていると踏んだのだろう。だから信彦の周辺を、しつこく嗅ぎまわっていたのだ。

「あの事故のあと、どうなったんだ?」

信彦は昏睡《こんすい》状態に陥って入院した。

ダンプの運転手が逃げたということは聞いていたが、摩耶の動向はまったくわからなかった。

「下手に動くのは危険だと思って、今までどおりの生活を心がけたわ」

静かに現場を立ち去り、何事もなかったように過ごしたという。信彦が同じ立場だったら、やはりそうしただろう。

小さな港町で大事故があったのだから、江原はしばらく手を出せなくなる。また事故が起これば目立つし、不審死は絶対に避けたいところだ。監視はつづくとしても、街に留まったほうが安全だった。

「プロテクトを解除しようとしたけど、どうしてもできなかった。それで藤原さんの病室に行って、ヒントがないか探したの」

だが、答えは信彦の頭のなかにしかない。プロテクトは解除できず、USBメモリーから情報を引き出すことはできなかった。

「それで、あのとき病室に……」

昏睡状態から目覚めたとき、病室には摩耶がいた。

もしかしたら、彼女が近くに来たことが、なんらかの刺激になったのかもしれない。意識はなくとも摩耶の息遣いや気配を感じたことで、目が覚めたと考えるのが自然な気がした。

ところが、信彦は再び意識を失い、摩耶はナースコールのボタンを押して立ち去った。

「わたしにできることは、なにもなかったわ」

その後はひたすら信彦が回復するのを待ちつづけたという。途中、何度か福柴商店街に足を運び、様子を確認していたらしい。

「そんな危険なことを……」

「だって、約束したじゃない」

ふいに摩耶の声が震えた。

「生き残ったほうが江原を告発するって」

なにしろ、一か月も昏睡状態だったのだ。信彦が命を落とす可能性もあると覚悟していたのだろう。

「わたしがやるしかない……だから、東京に……」

悲しみと怒り、それに淋しさを湛《たた》えた瞳でにらまれて、信彦は言葉を返すことができなくなった。

確かに約束したが、あのタイミングで信彦のところに来るのは危険すぎた。摩耶は監視されている身だ。派手に動けば江原に狙われる。わかりきっていたことだった。

（どうして――）

喉もとまで出かかった言葉を呑みこんだ。

摩耶は約束を守ろうとしてくれた。二人の計画を完遂しようとしてくれた。信彦の無念を晴らそうとしてくれたのだ。

「東京では、どこに潜んでいたんだ？」

江原は怪しい連中に命じて、摩耶を捜していたに違いない。彼女が動いたことで、刺客を放った可能性も否定できなかった。

「ホテルを転々として、人が多いところを選んで……でも、孤独だった」

よほど心細かったに違いない。摩耶の瞳に光るものがあった。

「見つかっては尾行を振り切って……でも、もう逃げられないと思ってここに来たの。一か八かだった。藤原さんが思い出してくれなかったら……」

「もう大丈夫だ。俺がいる」

信彦は彼女の肩を抱くと、ぐっと引き寄せた。

黒いジャージに包まれた肩は思いのほか華奢《きゃしゃ》だった。しかも、寒くもないのに、まるで凍えたようにぶるぶる震えていた。

「大丈夫……大丈夫だ」

摩耶は怯えきっている。なんとか彼女の不安を取り除いてやりたかった。

第五章　商店街で結ばれて

1

信彦と摩耶はひとつの布団で横になっていた。

時刻は深夜二時をまわっている。豆球のオレンジ色の光が降り注ぎ、摩耶の横顔をぼんやり照らしていた。

しかし、ロマンティックな雰囲気にはなっていない。むしろ空気は張りつめている。二人は一睡もせず、五感をフルに使って警戒していた。

江原はこちらの動きを監視している。当然ながら、信彦と摩耶が接触したことを摑《つか》んでいるだろう。焦った挙げ句、強硬手段に出るかもしれない。そうだとすると、朝になる前にしかけてくるはずだ。襲撃に備えて体力を温存しておく必要があった。

もちろん、USBメモリーを持って警察に駆けこむことも考えた。だが、兼丸商事は政界に太いパイプを持っている。話を潰されたらお終《しま》いだ。それなら、ありとあらゆるマスコミに情報を流し、インターネットで江原の悪事を拡散しようと考えた。

すでにマスコミ各社にメールを送信済みで、インターネットの思いつく限りの掲示板に書きこみをしてあった。

今後、江原と兼丸商事がどのような運命を辿《たど》るのかはわからない。だが、少なくともネットに書きこんだ悪事の証拠は、半永久的にコピーが繰り返されていくだろう。

警察が相手にしてくれなくても、世間が正しい裁定をくだしてくれると信じたかった。

(静かだ……静かすぎる)

信彦は目を閉じて、耳に神経を集中させていた。

おそらく、この家は江原に命じられた連中に囲まれている。暗闇のなかで息を潜めて監視しているに違いない。

いずれにせよ、人気《ひとけ》のない時間に動くのは危険すぎる。朝になるのを待って、警察に行くつもりだった。

横目でそっと隣を確認した。

摩耶は静かに睫毛《まつげ》を伏せている。眠っているわけではなく、周囲の音に気を配っているのだろう。

（摩耶……）

愛《いと》おしかった。これほど人を愛おしいと感じたことはなかった。

摩耶は夫を亡くして悲しみに暮れているとき、総務部特務課に誘われた。心の隙間につけこまれる形で、企業の犬にされてしまった。しかも、江原の私腹を肥やすために利用された。悪の片棒を担がされたのだ。

なんとしても彼女を守りたかった。

摩耶は仰向《あおむ》けの格好で、両手を身体《からだ》の脇に置いている。手を握りたくて、そろそろと近づけていく。指先が触れそうになったとき、ふいに彼女の目がカッと開いた。

（来た……）

すでに信彦も気づいている。ごくわずかな音だが確かに聞こえた。鉄製の外階段に足をかけた音だった。ひとりではない。三人、四人、いや、少なくとも五人はいるだろう。

厳しい戦いになる。江原が素人《しろうと》を送りこむはずがない。いずれも格闘術の訓練を受けた男たちだ。

信彦と摩耶は目配《めくば》せをすると、無言のまま身を起こした。

いっさい物音を立てることなく玄関に歩み寄る。信彦はドアのすぐ脇に、摩耶は少しさがった壁際で身構えた。豆球の光がわずかに届くだけで、玄関は真っ暗だった。

すでにドアのすぐ向こうまで気配が迫っていた。

信彦は息をとめてタイミングを計った。ピッキングで解錠されて、ドアノブがゆっくりまわる。ドアがわずかに開き、外の明かりが糸のように射《さ》しこんだ。特殊工具でチェーンがあっさり切断されて、ついに黒ずくめの男が音もなく侵入してきた。

その直後、信彦は一歩踏みこみ、男の腕を摑んで投げ飛ばした。柔道の内股に似た体勢だ。背中から床に落ちた男が「うっ」と声をあげる。だが、とっさに受け身を取ると、次の瞬間には跳ね起きていた。

「野郎っ！」

男の怒声が響き渡る。信彦に殴りかかろうとしたとき、息を潜めていた摩耶が飛び出した。

「セイッ！」

両手を組んで振りあげると、背後から男の首筋に叩《たた》きつける。完全に不意を突かれた男は、顔を歪《ゆが》めて片膝をついた。

「まかせたぞっ」

声をかけて玄関に向き直る。すると、すでに次の男が迫っていた。

「おらあぁッ！」

いきなり、頭を狙った鋭い回し蹴りが飛んでくる。信彦は上体を反らして躱《かわ》すと、鳩尾《みぞおち》に正拳突きを叩きこんだ。

「うぐっ……」

男が怯《ひる》んでふらふらさがる。すると、さらに別の男二人が次々と室内に侵入してきた。間髪容《い》れず、パンチとキックが襲いかかってくる。さすがに二人が相手では分が悪い。ガードするので精いっぱいだ。

「ぐッ……うぐッ」

しかも素人の攻撃力ではない。かなり訓練されている。次々と繰り出されるパンチは的確で、キックも重くて速かった。

(ク、クソッ、このままだと……)

なんとかガードしているが、それでも何発かに一発は被弾してしまう。反撃できなければ、いずれ力つきるのは明白だ。

摩耶を見やると、別の男が加わり二人を相手にしている。だが、さすがに力負けして床に押し倒されてしまった。

「触らないで！」

強気に言い放つが、男たちが聞く耳を持つはずもない。両腕を頭上で押さえつけられると、ジャージの上から乳房を揉《も》まれていた。

「ひッ、い、いやっ」

摩耶が懸命に身をよじった。ところが、男たちはハアハアと下卑た息を撒《ま》き散らし、大きな乳房を揉みまくる。江原がこんなことを指示するとは思えない。男たちの独断に違いなかった。

「やめろ、摩耶に触るんじゃない！」

助けに入りたいが、絶えずパンチとキックが飛んでくる。致命傷はもらっていなくても、ダメージは少しずつ確実に蓄積していた。

「よくもやってくれたな」

先ほど正拳突きを叩きこんだ男だ。顔を歪めながら戻ってくると、二人に加勢して信彦に殴りかかってきた。

「うぐッ……」

拳が顎に入り、腰が落ちかける。その隙を狙われて、一気に床に押さえつけられた。懸命に抗《あらが》うが、三人がかりではどうにもならない。うつ伏せの状態で、ついには両腕を背中にひねりあげられてしまった。

「ううッ、は、離すんだっ」

肩がミシミシと嫌な音を立てている。今にも折れてしまいそうな激痛が走っていた。だが、自分より摩耶のことが気がかりだ。二人の男たちに襲われて、ジャージの上から身体をまさぐられていた。

「ひッ、やめっ……ひいッ」

摩耶の唇から嫌悪の声が漏れている。必死に身をよじっているが、男二人が相手では敵《かな》わなかった。

「摩耶っ……摩耶っ！」

暴走する男たちは、摩耶を嬲《なぶ》りつくすに違いない。三人がかりで押さえつけられた信彦は、悲惨なショーを見ていることしかできないのだ。

（摩耶……すまない）

自分の非力さを思い知らされて、絶望感に胸を塞がれる。心のなかで謝罪したそのとき、玄関の外が騒がしいことに気がついた。

「おまえら、なにやってやがんだっ！」

威勢のいい怒声とともに、ねじり鉢巻きの男が飛びこんでくる。そして、黒くて丸い物を、信彦を押さえている男の頭に振りおろした。

「おりゃあッ！」

グォンッという鈍い音がして男の力が一瞬緩んだ。

「ノブさんから離れなさい」

つづけて女性が入ってきて、やはり黒くて丸い物を振りまわす。それが男の頭に当たり、カンッという金属的な音が響き渡った。

「信彦さん、大丈夫？」

「ノブちゃん、助けに来たよ！」

さらに聞き覚えのある声が、殺伐とした空気を震わせた。

電気がついてパッと明るくなる。視線を巡らせると、中華鍋を手にした権藤が立っていた。和服に襷掛《たすきが》けをした綾子はフライパンを手にしている。由紀恵と果穂も、それぞれバットとゴルフクラブを握り締めていた。

それだけではない。商店街の顔見知りがどんどん部屋のなかに雪崩《なだ》れこんでくる。野良犬のフクちゃんまで、勇ましい顔で仁王立ちして吠《ほ》えまくった。玄関の外には入れない人が溢《あふ》れ返っていた。

「野郎ども、やっちまえ！」

音頭を取っているのは権藤だ。中華鍋を振りあげて怒鳴ると、みんながいっせいに飛びかかった。

多勢に無勢とはこのことだ。信彦と摩耶を襲っていた男たちは瞬く間に引き剝がされて、逆に押さえつけられた。いくら格闘術を習得していても、これだけの人数が相手ではどうにもならなかった。

「み、みんな……」

どうして危機がわかったのだろう。とにかく、商店街の仲間が駆けつけてくれたおかげで助かった。

「おい、ノブ、水臭いじゃねえか」

権藤が目の前にしゃがみこむ。語りかけてくる嗄《しゃが》れた声は、いつになく穏やかだった。

「なんかあったんなら相談しろよ。俺たちは家族だって言っただろう」

「そうですよ。黙ってるなんて淋《さび》しいわ」

綾子も微笑を湛《たた》えている。いつにも増してやさしい表情になっていた。

「ゴンさん、綾子さん……」

思わず声が震えてしまう。胸にこみあげてくるものがあり、危うく涙が溢れそうになった。

「でも、どうして……」

襲撃を受けていると、なぜわかったのだろう。

信彦自身、こんなことになるとは予想していなかった。それなのに、商店街のみんなが集まってくれたのだ。

「空き巣が多かったでしょう。交代で警戒してたのよ」

疑問に答えるように由紀恵がつぶやいた。

「そうしたら、怪しい男たちがノブちゃんの家に入っていったから、これは絶対になんかあるって」

果穂が弾む声でつけ加える。まだ興奮が冷めない様子で、愛らしい顔を火照らせていた。

「ノブさん、ここのところ様子がおかしかったですから」

綾子の言葉が胸に響く。信彦の元気がないので、商店街のみんなが気にかけてくれていた。そうとは知らず、ひとりでなんとかしようとしていたのだ。

「みんな……ありがとう」

信彦は正座をすると、あらためて礼を言った。

「藤原さん……」

摩耶が這《は》うようにして近づいてくる。信彦は思わず彼女の肩に手をまわして抱き寄せた。

「怪我《けが》はなかった？」

「うん、大丈夫」

男たちに襲われて怖かったと思うが、とりあえず怪我がなかったのは不幸中の幸いだった。

みんなで男たちを押さえつけて、誰かが110番に通報した。すぐに警察官が駆けつけるだろう。

「で、そろそろ説明してくれねえか」

権藤が口もとに笑みを浮かべながら、摩耶の顔をちらりと見やった。

「そちらのお嬢さんは、どなたなの？」

綾子はいきなりストレートに尋ねてくる。信彦との関係が気になっているのだろう。

「もしかして、信彦さんのいい人？」

「ええっ、こんな美人がノブちゃんの恋人なの？」

由紀恵と果穂も興味津々といった感じで、摩耶のことを見つめていた。

他のみんなの視線も、信彦と摩耶に集まってくる。助けてもらった以上、うやむやにするわけにはいかなかった。

「この人は、五十嵐摩耶さん。半年前まで兼丸商事にいたんだ。元同僚だよ」

「それで、今はどういう関係なの？」

綾子が焦《じ》れたように尋ねてくる。すると、由紀恵も果穂も、そして権藤も身を乗り出してきた。

一度は体の関係を持っている。ひとつの目的に向かって、ともに歩んできたことで心の距離も近くなった。だが、二人で将来の話をしたことはない。そういうことを考える余裕はなかった。

（摩耶……）

隣を見やると、摩耶は戸惑った表情を浮かべていた。

彼女にはっきり確認したわけではない。でも、二人の気持ちは同じであると信じたかった。

「お、俺と摩耶は――」

意を決して答えようとしたとき、玄関から大きな声が聞こえた。

「いったい、なんの騒ぎですか？」

近所の交番から駆けつけた警察官だった。

いつも愛想のいいおまわりさんだが、男たちが押さえつけられているのを目にして表情を引き締めた。

2

警察署から応援が来て、間もなく男たちは連行された。

居合わせた商店街のみんなも、事情聴取を受けなければならなかった。

信彦と摩耶はUSBメモリーを提出して、江原の悪事を告発した。自分たちも捕まるかもしれない。だが、こうなった以上、すべてを洗いざらい話すしかなかった。

特務課の業務は危険なことばかりだ。大手企業なら大抵やっているとはいえ、ほぼ犯罪行為だった。

取調官は犯罪の尻尾《しっぽ》を摑んだとでも言いたげに、目を爛々《らんらん》と輝かせていた。おそらく上司に報告するためだろう、いったん取調室を出ると、しばらく帰って来なかった。だが、ずいぶん経《た》ってから戻ってきたときには、なぜかすっかり意気消沈していた。

――帰っていいぞ。

投げ遣《や》りな口調だった。

どういうわけか、二人ともあっさり釈放された。このことは口外しないように、と念押しされただけだった。

釈然としないが、とにかく信彦と摩耶は福柴商店街に帰ってきた。家についたとき、あたりはすっかり明るくなっていた。

散らかっていた玄関は、綺麗《きれい》に片づけられている。きっと商店街の誰かが掃除をしてくれたのだろう。

「後でお礼を言わないとな」

信彦はつぶやきながら部屋にあがった。ところが、摩耶は玄関に立ちつくしていた。

「どうした？」

「わたしも……あがっていいの？」

消え入りそうな声だった。そして、片手で髪を掻《か》きあげると、上目遣いに見つめてきた。

「当たり前じゃないか、遠慮するなよ」

声をかけて手を伸ばす。すると、摩耶は縋《すが》るように握り締めてくる。冷たい指先が微《かす》かに震えていた。

「疲れただろ、眠ったほうがいい」

手を引いて奥の部屋に連れていった。

「汚れてるから……」

摩耶は背中を向けると、自分でジャージを脱ぎはじめた。白いタンクトップも頭から抜き取り、淡いピンクのブラジャーとパンティだけになった。

カーテン越しに射しこむ朝の光が、女体を照らしていた。白くて滑らかな背中の中心をブラジャーのベルトが横切っている。少し浮きあがった肩胛骨《けんこうこつ》と背骨の窪《くぼ》みが、魅惑的な陰影を作っていた。

くびれた腰から双臀《そうでん》にかけての曲線は見事としか言いようがない。パンティに包まれた尻たぶは肉づきがよくむっちりしている。下から尻肉が溢れており、どうしても視線が惹《ひ》き寄せられた。

摩耶は背中を丸めて、ブラジャーの上から乳房を抱いている。恥ずかしげに固まっているが、その姿は神々しい輝きを放っていた。

「おいで」

信彦もボクサーブリーフ一枚になった。そっと腰に手をまわせば、女体が微かにピクッと震えた。

「あ……」

摩耶は小さな声を漏らすが抗《あらが》わない。敷きっぱなしの煎餅布団に寝かせると、信彦も隣に横たわった。

「震えてるね」

先ほどから小刻みに震えている。室温が低いわけではない。むしろ少し暑いくらいだった。

「こ、怖い……」

つぶやく声も震えている。摩耶は自分の身体を抱きしめて、奥歯をカチカチ鳴らしていた。

「怖いの……わたしたち、これからどうなってしまうのか……」

車のなかで抱いたときのことを思い出す。あのときも摩耶は怯《おび》えていた。怯えを誤魔化すように快楽に溺れていった。

「大丈夫……きっと大丈夫だ」

怖くないと言えば嘘《うそ》になる。それでも彼女の耳もとで囁《ささや》いた。

これから先、どうなるのかまったく見えない。警察が動く保証もなかった。だが、やれることをやって気が楽になったのも事実だ。

「会えなくなるの？」

それを言われるとつらかった。

潤んだ瞳で見つめられて、信彦も胸が切なくなる。どれくらいの罪に問われるのだろう。二人とも刑務所に入れられたら、しばらく顔を見ることすらできなくなってしまう。

「摩耶……」

淋しさに襲われて、肩をそっと抱き寄せる。すると、彼女は首筋に顔を埋《うず》めてきた。

「抱いてください」

掠《かす》れた声で囁いてくる。切実な言葉が心に響いた。

二人は見つめ合い、どちらからともなく唇を重ねていった。表面が軽く触れると、彼女はそっと睫毛を伏せていく。摩耶の唇は震えていたが、溶けてしまいそうなほど柔らかかった。

怯えている彼女を、できるだけやさしく抱いてあげたい。舌をそっと差し入れると、口内をゆったり舐《な》めまわした。頬の内側から歯茎にかけて、さらには上顎をくすぐり、奥で震えている舌を搦《から》め捕った。

「ンンっ……」

　摩耶は喉の奥で微かな声を漏らしながら、舌を遠慮がちに伸ばしてくる。そして、信彦の口内に這わせてきた。

　甘い吐息を注ぎこまれただけで気分が高揚する。そっと舌を吸いあげれば、とろみのある唾液が流れこんできた。すぐさま飲みくだすと、さらに深く舌を絡ませる。女体を抱き寄せれば、摩耶も背中に手をまわしてくれた。

「藤原さん……はンンっ」

「うむっ、摩耶……」

　肌を密着させることで、ますます気分は高揚する。ディープキスはより濃厚になり、粘膜がひとつに溶け合うほど擦《こす》りつけた。

　背筋を指先でなぞると女体がくすぐったそうに反応する。何度もゆっくり上下になぞってから、ブラジャーのホックをプツリと外した。

「あふンっ」

　カップのなかに手を滑りこませて、豊満な膨らみを揉みしだく。摩耶は舌を絡めたまま、腰をくなくなとよじらせた。

　感じるほどに不安が薄れていくはずだ。乳首を転がしてやれば、すぐに充血してぷっくり膨らみはじめる。さらに刺激することで、乳輪まで隆起してコリコリに硬くなった。

「感じやすいんだね」

「だ、だって、そこばっかり……」

桜色が濃くなり、感度がさらにアップしたらしい。キュッと摘《つま》みあげると、唇を離して艶《なま》めかしい声を振りまいた。

「ああっ、そ、そこ、ああンっ」

摩耶は喘《あえ》ぎながら足を絡みつかせてくる。そして、パンティに包まれた股間を信彦の太股《ふともも》に擦りつけてきた。

「もう欲しくなったのか?」

「ち、違う……違うけど……はンンっ」

認めようとしないが欲情しているのは明らかだ。ふっくらした恥丘が潰れるほど押しつけて、ハアハアと荒い息を撒き散らしていた。

信彦はブラジャーを取り去ると、背中を撫《な》でながら手を尻へとさげていく。そのままパンティのなかに滑りこませて、直接、たっぷりとした尻たぶを揉みしだいた。

「あンっ……ああンっ」

乳房よりは弾力があり、指を跳ね返してくるような感触だ。左右の尻たぶを交互に揉んで、臀裂を指先でなぞりあげた。

「はンンっ……く、くすぐったい」

摩耶は腰をよじるが、嫌がっているわけではない。それならばと、尻の谷間に指を沈みこませた。

「じゃあ、ここはどうだい？」

「ひああッ！」

彼女の声が甲高くなる。指先が禁断の窄《すぼ》まり――アヌスに触れたのだ。途端に女体が硬直して、摩耶は首を左右に振りたくった。

「そ、そこはダメっ」

どうやら肛門《こうもん》に触れられたことはないらしい。さらに押し揉んでやれば、彼女は弾《はじ》かれたように腰をよじらせた。

「ひッ、ひいッ、ま、待って」

女体が面白いほど跳ねまわる。そんな初々しい反応が、信彦のなかの牡《おす》に火をつけた。

「旦那さんは触ってくれなかったのか？」

思いきって尋ねてみる。亡くなった夫のことが気になった。早い話が嫉妬していた。できることなら、彼女の頭のなかにある他の男の記憶を消してしまいたかった。

「し、しない、そんなところ」

夫すら触れたことのない場所を、指の腹で無遠慮に揉みまくる。放射状にひろがる皺《しわ》を内側に押しこみ、指先をほんの数ミリ沈みこませた。

「あひぃッ！」

「ほら、これも感じるだろ？」

「そ、そんな、ひぃいぃッ」

排泄《はいせつ》器官をいじられてヒイヒイ喘ぎ出す。摩耶が嫌がっていたのは最初だけで、すぐに夫にもされたことのない背徳的な愛撫《あいぶ》に溺れはじめた。

(頼む、俺だけのものになってくれ)

欲望とともに独占欲が湧きあがる。夫のことを忘れさせて、自分色に染めあげたかった。

尻穴を指先で掻きまわしながら、再び唇を重ねていく。すると摩耶のほうから首にしがみつき、舌を口内に差し入れてきた。

「あむうッ、ふ、藤原さん」

「名前で呼んでほしいな」

「の、信彦さん、お、お尻はダメ……はううッ」

くぐもった声で名前を呼びながら、信彦の舌を吸いあげてくる。アヌスは硬く締まり、指先をしっかり食い締めていた。

「お尻も感じるんだね」

信彦も彼女の口のなかを舐めまわし、蕩《とろ》ける舌を吸引しては甘露のような唾液を飲みくだす。敏感に反応してくれるのが嬉《うれ》しくて、さらに指先を肛門にめりこませた。

「あううッ、も、もう……」

たまらないとばかりに濡《ぬ》れた瞳で見つめてくる。焦れたように腰をもじつかせて、パンティに包まれた恥丘を太股に擦りつけていた。

「我慢できないんだね」

耳もとで囁きかけると、摩耶は泣きそうな顔になる。さらにアヌスを捏《こ》ねまわしてやれば、ついにこっくり頷《うなず》いた。

「ああンっ、意地悪」

摩耶の手が信彦の股間に伸びてくる。ボクサーブリーフの前が膨らんでいるのを確認すると、口もとに嬉しそうな笑みを浮かべた。

「すごく硬くなってる」

「摩耶がいやらしい声で喘ぐからだよ」

「だって、お尻なんて……」

抗議するような目になり、ペニスをキュッと握ってくる。そして、身体を起こすと、ボクサーブリーフをおろして抜き取った。

青筋を浮かべたペニスが露《あら》わになる。すでに硬くそそり勃《た》ち、先端から大量のカウパー汁を噴きこぼしていた。牡の匂いがひろがるが、摩耶は嫌な顔をすることなく、仰向けになった信彦の脚の間に入ってきた。

正座をして両手を肉柱の根元に添えると、顔を亀頭に近づける。熱い吐息を吹きかけて、ついばむような口づけの雨を降らせてきた。そうやって散々焦らしてから、亀頭をぱっくり咥《くわ》えこんだ。

「はむンンっ」

唇が太幹に密着してヌルヌルと滑っていく。男根があっという間に口内に収まり、根元をやさしく締めつけられた。

「ううっ、だ、大胆なんだね」

腰がぶるるっと震えて、先走り液がどっと溢れ出す。すると摩耶は信彦の目を見つめながら、ゆったり首を振りはじめた。

柔らかい唇で肉胴の表面を撫でられる。得も言われぬ快感が押し押せて、こらえきれない呻《うめ》きが漏れてしまう。自然と両脚に力が入り、つま先までピーンッと伸びきった。

「くううッ、す、すごい」

「あふっ、ンふううっ」

摩耶は目を細めて吸茎する。信彦が感じていることが嬉しいらしく、舌も使って亀頭をヌメヌメと舐めまわしてきた。

「ううっ、ま、摩耶もいっしょに……上に乗って」

呻き混じりに声をかけると、彼女はすぐに理解したらしい。ペニスを咥えたまま身体を反転させて、信彦の顔をまたいできた。

逆向きで重なるシックスナインの体勢だ。目の前にピンクのパンティの船底が迫っている。まだ触れていないのに愛蜜の染みがひろがり、割れ目がくっきり浮かびあがっていた。

「こんな格好、恥ずかしい……うむううッ」

摩耶は羞恥を誤魔化すように、太幹を深々と咥えこんでくる。信彦も反撃に移ろうと、パンティをめくりおろしてつま先から抜き取った。

白くて豊満なヒップが露わになる。くすんだ色のアヌスの下で、アーモンドピンクの女陰が濡れ光っていた。

（これが、摩耶の……）

両手をまわして尻たぶを掴み、本能のまま女陰にむしゃぶりついた。舌を伸ばして舐めまわし、いきなり膣口《ちっこう》に舌先を沈みこませる。そして、そのまま溢れる華蜜を思いきり吸いあげた。

「むううッ！」

「ああッ、い、いいっ」

いっそう艶《なま》めかしい喘ぎ声が響き渡った。

摩耶はさらなる果汁を分泌させて、剥《む》き出しのアヌスをヒクつかせていた。それならばと蟻《あり》の門渡《とわた》りを舌先でくすぐり、ついには裏門に唇を密着させる。窄まりに舌を這わせて、たっぷりの唾液を塗りつけた。

「ひいッ、ダ、ダメ、舐めちゃ、ひううッ」

慌てた様子で腰を振るが、信彦はがっしり尻たぶを抱えこんでいる。逃がすことなく、執拗《しつよう》にアヌスを舐めつづけた。

「あひいッ、お、お尻……はむううッ」

観念したのか摩耶は吸茎を再開する。昂《たかぶ》っているのか首を激しく振りまくり、ジュルジュルと下品な音を響かせた。

「おおおッ、ま、摩耶っ」

凄《すさ》まじい快感がこみあげる。信彦も尻たぶを揉みしだき、裏門をねちっこく舐めまわした。亡くなった夫がやらなかった愛撫でもっと感じさせたい。尖《とが》らせた舌をアヌスに沈みこませれば、彼女の反応はますます顕著になった。

「はううッ、も、もう、はああッ」

喘ぎ声が高まり、膣口から新たな果汁が溢れ出した。

今度は女陰にむしゃぶりつく。愛蜜を吸いたてて、陰唇の狭間《はざま》に舌先をねじこんだ。女壺のなかは溶鉱炉のようにトロトロになっている。媚肉《びにく》は蕩けきっており、愛蜜が次から次へと溢れ出した。

「ああッ、あああッ」

摩耶が手放しで感じている。ペニスを奥まで咥えて、たまらなそうに尻を振りたくっていた。

（気持ちいい……ああ、なんて気持ちいいんだ）

快感が全身にひろがり、全身の血液が湧きあがる。ますます昂り、二人は夢中になって互いの性器を舐め合った。

朝日が差しこむ部屋で、相互愛撫に没頭する。与えられる快楽が大きくなるほど、舌の動きが加速していく。信彦の呻き声と摩耶の喘ぎ声、それに愛蜜と我慢汁の弾ける音が響いていた。

（ひとつになりたい……）

そう思った途端、我慢できなくなった。

信彦は彼女を仰向けに寝かせると、脚の間に入りこんだ。そして、唾液にまみれたペニスを女陰に押し当てた。

「信彦さん、来て」

摩耶が両手をひろげて訴えてくる。考えていることは同じだった。それが嬉しくて、信彦は一気に腰を押し進めて男根をねじこんだ。

「行くぞ、ぬおおおッ！」

「はううッ、お、大きいっ」

彼女の首がガクンッと仰《の》け反《ぞ》り、女体が弓なりにカーブする。まるでブリッジするように背中が見事な曲線を描いていた。

「い、いきなり奥まで……あううッ」

亀頭が子宮口にぶつかり、摩耶が愉悦に唇を震わせる。股間がぴったり密着して、ペニスはすべて膣内に収まっていた。

「動くよ……んんっ」

膣の締まりが異常に強く、ペニスを動かすのが大変だ。それでも愛蜜が潤滑油の役割を果たし、ヌルヌルと滑り出した。

「あっ……あっ……」

摩耶は両手を信彦の腰に添えると、切れぎれの喘ぎ声を響かせる。股間から聞こえる湿った音が、気分をますます盛りあげた。

「くぅっ、すごく締まってる」

射精欲がこみあげて、呻き声を抑えられなくなる。

亀頭が抜け落ちる寸前まで腰を引くと、再び根元まで押しこんでいく。蜜壺全体が収縮して、ペニスが絞るように締めつけられる。腰を激しく振りたい衝動に駆られるが、そんなことをすればあっという間に達してしまう。できるだけ長く繋《つな》がっていたくて、ゆったりしたペースを心がけた。

「お願い、抱きしめて」

摩耶が切なげな表情で手を伸ばしてくる。彼女がこれほど甘えてくるのは初めてだ。信彦は上半身を伏せると、胸板と乳房を密着させた。

「ああっ、嬉しい」

彼女も両腕を信彦の首にまわし、強くしがみついてくる。そうすることで一体感が高まり、愉悦がより深いものへと昇華していく。どうしても抑えることができず、腰の動きが速くなってしまう。

「き、気持ちよすぎて……くううッ」

「はああッ、い、いいっ」

摩耶の全身は汗ばんでいる。大きな乳房も熱く火照り、信彦の胸板にしっとりと吸いついていた。

信彦も額に汗を滲《にじ》ませながら腰を振っている。女壺が収縮するほど、カリが膣壁にめりこんでいく。その状態でピストンすることで敏感な粘膜が擦れて、女体が仰け反るほど反応した。

「ああぁッ、こんなにいいの初めて」

摩耶も下から股間をしゃくりあげてくる。より深くペニスを受け入れようとして、両脚を信彦の腰に巻きつけてきた。

少なくともこの瞬間は、亡くなった夫のことを忘れている。信彦の男根に溺れて、甘い声を振りまいていた。それが嬉しくて、ついついピストンスピードがアップしてしまう。

「ああッ……ああッ……」

「俺もすごくいいよ」

腰を振りながら、彼女の耳たぶを甘嚙《あまが》みする。もはやどこに触れても感じるのだろう、喘ぎ声がさらに大きくなった。

「はああッ、信彦さんっ」

強くしがみつき、背中に爪を立ててくる。その痛みが刺激となり、男根が破裂寸前まで膨れあがった。

「あううッ、お、大きいっ」

「まだ、怖い？」

耳孔《じこう》に舌を挿《い》れながら囁きかける。

摩耶はこれからのことを憂い、凍えたように震えていた。男根を挿入したことで、少しは不安が薄まっただろうか。

「ずっとこうしていて……わたしのこと離さないで……」

摩耶の瞳が潤んでいる。膣がまた締まり、ペニスを強く食い締めてきた。もう絶対に離さないとでも言いたげだった。

「ううぅッ、摩耶、摩耶、摩耶っ」

彼女への想いが暴走する。熱い胸の滾《たぎ》りを抑えられない。激しく動くと射精欲が盛りあがってしまう。それでも、抽送せずにはいられなかった。

摩耶のことが愛おしくて、もっと快楽を共有したくなる。彼女といっしょに気持ちよくなりたい。終わりが早まるとわかっていながら、勢いよく男根を打ちこんだ。

「おおッ、おおおッ」

「はううッ、いいっ、すごくいいっ」

摩耶が喘ぎ声を振りまき、信彦の耳にしゃぶりついてくる。もう女壺のなかは蜂蜜のようにトロトロだ。信彦は全力で腰を振りつづけて、野太い剛根の切っ先で膣奥を叩きまくった。

「ぬおおおッ、も、もう……」

「あああッ、わ、わたしも、はあああッ」

ペニスと膣がひとつに溶け合ったような錯覚に陥り、いよいよ快楽のボルテージは最高潮に達していた。女体をしっかり抱きしめると、ペニスを根元までねじこんだ。

「だ、出すぞっ、摩耶っ、おおッ、おおおおおおおおおおおッ！」

亀頭を子宮口に押しつけた状態で、ついに男根が脈動してザーメンが尿道を駆け抜ける。沸騰した白濁液がペニスの先端から高速で打ち出されて、瞬く間に子宮口を灼《や》きつくした。

「あああッ、い、いいっ、信彦さんっ、イクッ、イクイクうううッ！」

摩耶はあられもない嬌声《きょうせい》を振りまき、信彦の体に四肢を巻きつける。女壺をこれでもかと収縮させて男根を締めつけながら、オルガスムスの痙攣《けいれん》を全身に走らせた。

信彦は最後の一滴まで放出すると、摩耶の唇を奪って舌を吸いまくった。そうすることで、アクメの余韻がより味わい深いものになる。彼女も呆《ほう》けた様子で喘ぎつつ、信彦の舌を吸いあげてくれた。

「摩耶……うむむっ」

「ンぁっ、信彦さん……はむンンっ」

二人とも離れようとしなかった。結合を解くことなく、いつまでも舌を吸いつづけた。

これから先のことは、まだ誰にもわからない。

——つき合いたい。

——いっしょに住みたい。

——もう一生離れたくない。

そう思っていたが、口にできる状況ではなかった。

やがて摩耶の瞳から涙が溢れて、静かに頰を伝い落ちた。

信彦も胸にこみあげてくるものがあり、懸命にこらえながら女体を強く強く抱きしめた。

3

一か月後——。

信彦は藤原屋のシャッターを開け放ち、真新しい看板を設置していた。

商店街の知り合いに格安で作ってもらった看板には、カラフルな文字で『なんでもやります！　藤原屋』と書いてあった。

「ふむ……悪くないな」

信彦は看板を見あげてひとりうなずいた。

じつは、長年放置してあった一階店舗を改装して、なんでも屋をはじめることにしたのだ。和菓子屋ではなくなったが、有効利用することで亡き両親も喜んでくれるだろう。

「あっ、できたのね」

店内の準備をしていた摩耶が小走りに出てきた。

躊躇《ちゅうちょ》することなく信彦に腕を絡めて、嬉しそうに看板を見あげる。その横顔が眩《まぶ》しく見えて、信彦は思わず目を細めていた。

この一か月、いろいろなことがあった。

江原の悪事はマスコミで大々的に報じられた。大手企業に様々な会社の情報を流して、億単位の金を稼いでいたのだ。連日、ニュースやワイドショーで取りあげられて、インターネットでも虚実入り混じった情報が流された。もはや、どこまでが真実なのか誰にもわからない状態だった。

江原は会社から見捨てられて、単独犯として捕らえられた。現在は警察に拘束されており、有罪判決がくだされるのは間違いなかった。

信彦の家に侵入した男たちは、単なる空き巣として処理された。江原に雇われたのは明白だが、なにか特別な力が働いたのは間違いない。男たちもわざわざ罪が重くなる証言はしないだろう。

信彦と摩耶は、何度か警察に呼ばれて事情を説明した。自分たちも罪に問われると覚悟していたが、意外なことに無実だった。

特務課の任務で複数の企業から情報を盗んだが、一件も被害届が出ていなかったのだ。被害にあった企業は、自分たちも同じことをやっているので、兼丸商事を糾弾できない事情があるらしい。

なにより、兼丸商事が政界に太いパイプを持っていたことが、今回の事後処理に大きく関係していた。警察の上層部に働きかけて、江原を切ることで会社を守ったのだろう。もちろん、大金が動いたのは言うまでもなかった。

信彦と摩耶は兼丸商事を依願退職した。

上層部の人間に引き留められたが、二人の決意は固かった。会社としては秘密を知っている人間を抑えておきたかったらしい。社長にも頭をさげられて、特務課のことを口外しないという誓約書にサインをした。

退職金が割り増しになっていたのは、口止め料ということだろう。ありがたくいただき、なんでも屋の準備資金に充てることにした。

ちっぽけな店だが、ここから新しい生活がスタートする。

便所掃除でも犬の散歩でも留守番でも、どんな仕事でもやるつもりだ。ときには特務課で身につけた技術を生かせる依頼があるかもしれない。簡単ではないと思うが、とにかく二人でがんばっていこうと決めていた。

「そういえば——」

ふと思い出したことがあった。

「ダンプの事故のとき、気を失う直前に摩耶が叫んだ言葉を思い出したよ」

信彦が告げると、摩耶は一瞬きょとんとしたあと、見るみる顔を真っ赤に染めあげた。

「ど、どうして、覚えてるの？」

「今でも、ときどき記憶が戻ることがあるんだ」

思わず顔がにやけてしまう。すると摩耶は拳で肩を叩いてきた。

「や、やだ、絶対に言わないで」

「痛っ、ちょっと痛いって」

もちろん本気ではないが、特殊訓練を受けている摩耶の拳は的確に急所を突いてくる。ポカポカ叩いていても、肩の奥まで重い痛みがズンズン響いた。

「おいおい、なに朝からじゃれあってんだ！」

顔を見るまでもない。この濁声《だみごえ》は権藤だ。

「お熱いこと。見せつけてくれますね」

嫉妬混じりのこの声は綾子に間違いなかった。

振り返ると、二人の他にも由紀恵と果穂が立っていた。さらには商店街の人たちも集まり、信彦と摩耶のやりとりを眺めている。いつから見ていたのか、誰もが楽しげに笑っていた。

「今日オープンだって言うから来てあげたのに」

「イチャイチャしちゃって、やな感じだね」

そう言うと、由紀恵と果穂はこらえきれないとばかりに噴き出した。

福柴商店街に新しい店が誕生する。そのことを誰もが自分のことのように喜んでいた。

一か月前、信彦と摩耶は怪しい男たちに襲われて、その直後、江原の事件が発覚した。信彦、摩耶、江原の三人は兼丸商事の社員だった。

あの黒ずくめの男たちはどう考えても単なる空き巣ではない。それなのに誰も追及してこなかった。商店街から追い出されても不思議ではないのに、こうして温かく見守ってくれるやさしさが嬉しかった。

「で、おまえらどういう関係なんだよ」

権藤が腕組みをして迫ってくる。

「肝腎《かんじん》なことをまだ聞いてないのよね」

綾子も今日は逃がさないとばかりに一歩踏み出してきた。

「信彦さん、今日は教えてくれるんでしょうね」

「ノブちゃんと摩耶ちゃん、どうなってるの？」

由紀恵と果穂が背後にまわりこむ。逃げ道を塞いで、なんとしても言わせるつもりらしい。

「もうわかってるだろ。恥ずかしいこと言わせるなよ」

信彦が苦笑を漏らすと、隣の摩耶は耳まで赤くしてうつむいた。

二人はもう一か月もいっしょに住んでいる。交際しているのは誰の目から見ても明らかだった。

「ダメだ。まだ、おまえさんの口から報告を受けてねえ」

権藤が威厳たっぷりに告げると、その場に居合わせた全員が首肯する。一致団結したときの福柴商店街は無敵だった。

「あっ、記憶が……」

頭を抱えて顔をしかめてみせるが、そんな猿芝居が通用するはずもない。早く言えとばかりに、みんなが無言で距離を縮めてきた。

「わかった、わかったよ、言えばいいんだろ」

この様子だと、なにか言わないと終わらない。信彦は覚悟を決めて、背筋を伸ばした。

「俺と摩耶は……結婚を前提に交際しています！」

商店街中に響き渡る声だった。

集まった人たちから「おおっ」という歓声が沸きあがり、野良犬のフクちゃんが祝福するようにワオオンッと吠える。摩耶は羞恥に顔を染めて、信彦の後ろに身を隠した。

「そこまで言わなくてもいいでしょ」

背中を強く叩いてくるが、その痛みさえ嬉しかった。

今でもふいに失われた記憶がよみがえる。ダンプの事故のあと、摩耶は涙を流しながら叫んでいた。

――愛してる、ずっと愛してる。

魔法の言葉だった。

摩耶は病室でも、同じ言葉をかけてくれた。

もう決して忘れることはないだろう。その言葉がきっかけで、信彦は長い眠りから目覚めることができたのだから。

本書は書き下ろしです。

実業之日本社文庫　最新刊

赤川次郎
演じられた花嫁
カーテンコールで感動的なプロポーズ、でも……ハッピーエンドが悲劇の始まり⁉　大学生・亜由美に事件はおまかせ！　大人気ミステリー。（解説・千街晶之）
あ１15

今野 敏
男たちのワイングラス
酒の数だけ事件がある――茶道の師範である「私」が通うバーから始まる8つのミステリー。『マティーニに懺悔を』を原題に戻して刊行！（解説・関口苑生）
こ２12

知念実希人
リアルフェイス
天才美容外科医・柊貴之。金さえ積めばどんな要望にも応える彼の元に、奇妙な依頼が舞い込む。さらに整形美女連続殺人事件の謎が…。予測不能サスペンス。
ち１３

名取佐和子
逃がし屋トナカイ
主婦もヤクザもアイドルも、誰でも逃げたい時がある――。「ワケアリ」の方、ぜひご依頼を。注目の気鋭が放つ不器用バディ×ほろ苦ハードボイルド小説！
な６１

西村京太郎
十津川警部　北陸新幹線殺人事件
北陸新幹線開業日の一番列車でなぜ男は狙われたのか――手がかりは太平洋戦争の戦地からの手紙に⁉　十津川警部、金沢＆マニラへ！（解説・小梛治宣）
に１18

葉月奏太
しっぽり商店街
目覚めると病院のベッドにいた。記憶の一部を失っていた。小料理屋の女将、八百屋の奥さんなど、美女と会うたび、記憶が甦り…ほっこり系官能の新境地！
は６５

山口恵以子
工場のおばちゃん　あしたの朝子
突然、下町の鋏工場へ嫁いだ朝子。舅との確執、夫の不倫、愛人との闘いなど、難題を乗り越えていく。著者が母をモデルに描く自伝的小説。母と娘の感動長編‼
や７１

吉村達也
白川郷　濡髪家の殺人
週刊誌編集者が惨殺された。生首は東京で、胴体は五百キロ離れた白川郷で発見されるが……猟奇事件の背後で蠢く驚愕の真相とは⁉（解説・大多和伴彦）
よ１９

実業之日本社文庫　好評既刊

葉月奏太
ももいろ女教師　真夜中の抜き打ちレッスン
うだつの上がらない中年教師が、養護教諭や美人教師と心と肉体を通わせる……。注目の作家が放つハートウォーミング学園エロス！
は61

葉月奏太
昼下がりの人妻喫茶
珈琲の香りに包まれながら、美しき女店主や常連客の美女たちと過ごす熱く優しい時間――。心と体があったまる、ほっこり癒し系官能の傑作！
は62

葉月奏太
ぼくの管理人さん　さくら荘満開恋歌
大学進学を機に〝さくら荘〟に住みはじめた青年は、やがて美しき管理人さんに思いを寄せて――。ほっこり癒され、たっぷり感じるハートウォーミング官能。
は63

葉月奏太
女医さんに逢いたい
孤島の診療所に、白いブラウスに濃紺のスカートを纏った、麗しき女医さんがやってきた。23歳で童貞の僕は診療所で…。ハートウォーミング官能の新傑作！
は64

藍川 京
散華
ガイドブック執筆のために京都を訪れたフリーライターの緋美花。街を歩いていると、オスを感じる男と出会って――。匂い立つ官能が胸を揺さぶる傑作！
あ111

草凪 優
堕落男《だらくもの》
不幸のどん底で男は、惚れた女たちに会いに行く――。堕落男が追い求める本物の恋。超人気官能作家が描くセンチメンタル・エロス！（解説・池上冬樹）
く61

実業之日本社文庫　好評既刊

草凪 優　悪い女
「セックスは最高だが、性格は最低」。不倫、略奪愛、修羅場を愛する女は、やがてトラブルに巻き込まれて――。究極の愛、セックスとは!?（解説・池上冬樹）
く62

草凪 優　愚妻
専業主夫とデザイン会社社長の妻。幸せな新婚生活のはずが…。浮気現場の目撃、復讐、壮絶な過去、ひりひりする修羅場の連続。迎える衝撃の結末とは!?
く63

草凪 優　欲望狂い咲きストリート
寂れたシャッター商店街が、やくざのたくらみによりピンサロ通りに変わった…。欲と色におぼれる不器用な男と女。センチメンタル人情官能！　著者新境地!!
く64

沢里裕二　処女刑事　歌舞伎町淫脈
純情美人刑事が歌舞伎町の巨悪に挑む。カラダを張った囮捜査で大ピンチ!!　団鬼六賞作家が描くハードボイルド・エロスの決定版。
さ31

沢里裕二　処女刑事　六本木vs歌舞伎町
現場で快感!?　危険な媚薬を捜査すると、半グレ集団、芸能事務所、大手企業へと事件がつながり、大抗争に！　大人気警察官能小説第2弾！
さ32

沢里裕二　処女刑事　大阪バイブレーション
急増する外国人売春婦と、謎のペンライト。純情ミニパトガールが事件に巻き込まれる。性活安全課は真実を探り、巨悪に挑む。警察官能小説の大本命！
さ33

実業之日本社文庫　好評既刊

実業之日本社文庫　好評既刊

睦月影郎
時を駆ける処女
過去も未来も、美女だらけ！　江戸の武家娘、幕末の後家、明治の令嬢、戦時中の女学生と、濃密なめくるめく時間を……。渾身の著書500冊突破記念作品。

む24

睦月影郎
淫ら歯医者
新規開業した女性患者専用クリニックには、なぜか美女が集まる。可憐な歯科衛生士、巨乳の未亡人、アイドル美少女まで。著者初の歯医者官能、書き下ろし!!

む25

睦月影郎
性春時代
目覚めると、六十歳の男は二十代の頃の自分に戻っていた。アパート隣室の微熱OL、初体験を果たせなかった恋人と……。心と身体がキュンとなる青春官能！

む26

睦月影郎
ママは元アイドル
幼顔で巨乳、元歌手の相原奈緒子は永遠のアイドルだ。大学職員の僕は、35歳の素人童貞。ある日突然、美少女が僕の部屋にやって来て…。新感覚アイドル官能！

む27

睦月影郎
性春時代　昭和最後の楽園
40代後半の春夫が目を覚ますと昭和63年（1988）に逆戻り。完全無垢な童貞君は、高校3年時の処女だった妻や、新任美人教師らと…。青春官能の新定番！

む28

矢月秀作
いかさま
拳はワルに、庶民にはいたわりを。よろず相談所所長・藤堂廉治に持ち込まれた事件は、腕っぷしで一発解決。ハードアクション痛快作。（解説・細谷正充）
や51

文日実
庫本業 は６５
社之

しっぽり商店街《しょうてんがい》

2018年６月15日　初版第１刷発行

著　者　葉月奏太《はづきそうた》

発行者　岩野裕一
発行所　株式会社実業之日本社
〒153-0044　東京都目黒区大橋 1-5-1
クロスエアタワー８階
電話 [編集]03(6809)0473 [販売]03(6809)0495
ホームページ　http://www.j-n.co.jp/
ＤＴＰ　ラッシュ
印刷所　大日本印刷株式会社
製本所　大日本印刷株式会社

フォーマットデザイン　鈴木正道（Suzuki Design）

ISBN978-4-408-55423-5（第二文芸）